TOUT LE BRUIT DU GUÉLIZ

RUBEN BARROUK

TOUT LE BRUIT DU GUÉLIZ

roman

ALBIN MICHEL

À Paulette, ma grand-mère

Le bruit condamne l'homme à l'oubli.
Mais parfois il arrive qu'il le sauve de l'oubli.
Il ne tient qu'à nous de l'entendre.

Il y avait à Marrakech, dans le quartier du Guéliz, un bruit. Un mystérieux bruit, qui s'était installé dans un appartement, au premier étage du 66, avenue Al-Mâ' Az-Zahr. Qui sait ce qui l'avait attiré ici ? Le poids d'une solitude, le confort des vieux fauteuils en feutre, le grisant parfum du camphre brûlé, ou l'infaillible hospitalité de ma grand-mère ? Personne ne peut le dire.

Quoi qu'il en soit, un bruit avait trouvé ici, dans cet appartement niché entre un club à l'abandon et un café de vieux habitués, une bonne raison d'entrer, et de rester. D'ailleurs, ma grand-mère n'aimait pas qu'on dise que c'était un bruit. Il était trop bruyant, disait-elle, pour n'être qu'un bruit. C'était le bruit. Pour elle, et pour nous, ça devait être le bruit.

Nous avions l'habitude, chaque vendredi soir, de l'appeler pour lui souhaiter, de Paris, un bon shabbat. Mais depuis plusieurs semaines, le bruit en avait décidé autrement. Nous ne parlions plus que de lui. Sa présence épuisait ma grand-mère. Shabbat n'était plus, pour elle, le jour attendu du repos. Elle n'en fermait pas l'œil, passait ses journées entières à le chercher dans l'appartement, à blâmer sa présence. Nous retrouvions, chaque vendredi soir, une voix plus fatiguée que la semaine précédente. Nous nous asseyions autour du téléphone, et nous écoutions les pantoufles de ma grand-mère traîner dans son appartement, se déplacer à la recherche du bruit.

– Et là, vous entendez ?

– Toujours pas, mamie.

Quand nous appelions, le bruit le sentait, disait-elle. Alors il refusait de se manifester. Elle pestait contre lui en arabe, pour qu'il la laisse en paix. Nous lui promettions, nous, qu'il finirait par partir, aussi vite qu'il était arrivé. Mais les semaines se succédaient sans qu'il ne se décide à fuir. Nous ne pouvions plus la laisser ainsi, seule aux prises avec l'indésirable visiteur.

Ma mère – sa fille – et moi n'étions pas retournés au Guéliz depuis dix ans. Ma grand-mère avait pris l'habitude de venir nous voir en France. Elle aimait ça, et nous aussi, car sa venue était toujours un heureux événement. Nous étions en 2022, j'avais vingt-quatre ans et nous retournions donc au Maroc pour entendre ce bruit. Il nous fallait comprendre sa provenance et trouver le moyen de le faire taire avant qu'il n'entame la raison de ma grand-mère. Nous resterions cinq jours pour mener à bien cette tâche, nous deux, ma mère, émissaire d'une fratrie de quatre dont elle était la cadette, et moi son fils. Nous avions pris conseil, avant de partir, et reçu d'eux des instructions différentes.

– Voyez si ce ne sont pas les voisins du dessus, avait dit Sabrina, la benjamine.

– Dites-lui qu'il existe, ce bruit, même s'il n'existe pas, avait repris Michel, le cadet de ma mère.

– L'essentiel, c'est qu'elle comprenne. Les acouphènes, ce n'est pas grave, avait conclu Charly, l'aîné.

Nous sommes partis un jeudi 10 mars, les bras chargés de ces hypothèses-là, et de beaucoup d'autres d'ailleurs, que nous avions évoquées seuls, quitte à les balayer d'un revers de main si la vérité finalement s'était logée ailleurs. La plus partagée était que leur mère était lasse de la solitude, prête et décidée à quitter le Guéliz et à migrer en France où elle serait près de ses quatre enfants pour vivre ses vieux jours, mais qu'elle n'osait l'admettre, par peur d'être un fardeau. Les deux frères, les deux sœurs avaient beau essayer de la persuader du contraire, ma grand-mère n'avouait pas. Il n'y avait pas de raison de quitter le Guéliz. Il n'y avait que ce bruit, cet insupportable bruit avec lequel elle s'était promis d'en finir.

Il faisait froid à Marrakech. Aux portes de l'aéroport, le vent secouait les drapeaux hissés en haut des mâts, piégés dans un battement continu. Ce froid-là n'avait jamais existé à Marrakech. Ni dans nos souvenirs, ni dans les imaginaires bernés des voyageurs arrivés avec nous, dont les yeux et l'entrain déjà s'étourdissaient sous la grisaille du ciel. Avec eux, nous échangions des regards chargés de perplexité. Nous n'étions pas certains, autant que nous étions, d'être arrivés à bon port. Marrakech, dépossédée de son soleil brûlant, n'était plus Marrakech. Elle n'était pas celle que nous avions laissée. Si d'évidence le mystère que nous étions venus percer faisait planer mille doutes au-dessus de nos têtes, nous tenions toutefois pour sûre la chaleur de la ville. Ainsi, nous devions renoncer à notre seule certitude. Nous entrions dans Marrakech par une petite porte bâtie sur nos souvenirs trahis, ouverte sur le vaste inconnu.

En haut des escaliers, sur le parking, les chauffeurs de

taxi attendaient. Ils formaient un petit cénacle de huit hommes. Leur image m'était familière. J'avais à l'esprit un souvenir vague, incertain, de ces pantalons de laine noire ondoyant au gré du vent et qui dessinaient les contours de leurs jambes fuselées. Un tailleur, un seul homme, les avait tous habillés. Ils portaient la même veste de pluie, noire aussi, aux pieds les mêmes mocassins au noir fané. Et sous ces casquettes, les mêmes visages hâlés, imparfaitement rasés, aux traits durcis par le tabac, agrégeaient cette vision familière. Ils s'étaient adossés, le temps d'une cigarette, à la rambarde de fer, et se pelotonnaient pour faire obstacle à la poussée du vent. L'entracte fraternel l'emportait sur le froid.

Nous rejoignions la vieille ville par l'avenue Prince-Moulay-Rachid bordée de grands palmiers, roulant entre les lignes et les teintes de terre brûlée des trottoirs vides. Elle nous était apparue, l'immense, la tour de la Koutoubia, empreinte des couleurs du jour, et le jour était gris. Un gris tacheté d'ocre, tandis qu'un soleil rouge se levait à l'est de la ville. Au sommet du minaret, nous les voyions, les créneaux du balcon de prière, étinceler par la venue discrète de cette lumière vermeille. La tour s'érigeait seule entre les murs de la médina, la vieille ville. Elle nous attirait vers elle, nous et tous les autres qui prenaient la route, comme un grand phare au milieu du désert. Le vent devait avoir soufflé tout le sable de la médina pour bâtir à la force de ses bras le mirador de la Koutoubia. Il semblait, comme cela, si vulnérable qu'un seul homme d'un geste imprécis aurait pu le rendre à la poussière, comme un château de sable. Mais il était, en vérité, inébranlable, Dieu même le sait, car il n'existe au sable de liant plus puissant que la foi, cette eau de tous les jours, qui ruisselle dans les avenues du Guéliz et de partout ailleurs, se presse dans les rues, inonde toutes les venelles, se jette dans la vieille ville.

– Tu vois, ici, quand j'étais petite, il n'y avait rien. Cet hôtel, il n'existait pas. C'était le désert, me dit ma mère, pointant l'horizon par la fenêtre ouverte.

Ma mère était née là. Elle avait grandi là. Elle y revenait aujourd'hui, et ce n'était plus là. Je savais, d'évidence, que la vieille ville en quarante ans n'avait pas poussé comme une fleur au milieu du désert. Mais il y avait du vrai dans ce qu'elle me disait. Les années 1960 avaient marqué, à l'orée de l'indépendance du pays, un tournant d'ouverture au monde, à la France enjôlée par l'étrangère beauté de l'Atlas, volontaire à l'expatriation pour redessiner les courbes et les grandes lignes du pays, pour étendre les villes. Non seulement, mais aussi pour créer dans l'espace encore incertain qu'amène la liberté. Entendre ma mère parler en ces mots, c'était créer aussi. Il fallait essayer, non sans peine, d'imaginer le grand vide, et cette enfant sillonner d'immenses plaines de sable à perte de vue. Il fallait, d'abstraction, camoufler le bitume, débâtir les immeubles, abattre les palmiers, ensauvager la ville, et l'imaginer ensuite se construire ainsi sur ce vide pour en arriver là. Ce *là* qui, dans les yeux de ma mère, privée de sa mélancolie, devenait l'étranger.

Les panneaux publicitaires se succédaient le long de la grande route. L'un d'eux revenait souvent, gagnait mon attention. Il montrait, fixée sur le mur d'une rue, une petite plaque de mosaïque blanche qui disait *Derb Talmud Torah*. En français, « Rue de l'Étude de la Torah ». Et sur le grand panneau, nous pouvions lire :

Visitez les vestiges restaurés du Mellah,
le vieux quartier juif de Marrakech.

Derrière la grille ouvrante de son appartement, ma grand-mère attendait. Elle regardait, vigilante, entre les arabesques de fer forgé, comme un chat aux aguets, car elle avait entendu le bruit de nos valises tirées, marche après marche, jusqu'au premier étage. Ce matin-là de mars, elle avait habillé sa fatigue d'une gandoura rouge aux broderies dorées qui tombait sur ses jambes jusqu'à ses deux pieds nus. Les années l'avaient rendue maigre, ma grand-mère. Sa gandoura flottait, aux courbes cachées de son corps amaigri. Et toujours, elle portait cet emphatique chignon de cheveux blonds, indéfectible compagnon du jour, qui couronnait sa tête. J'avais laissé tomber ma valise pour la serrer contre moi.

– Attends, *mchikpara*, je suis pleine de farine. Je faisais les gâteaux, me dit-elle, n'osant m'étreindre de ses mains couvertes de grumeaux.

Il surgissait de l'oubli, le surnom arabe de ma petite enfance, le *mchikpara*. Ma grand-mère s'évertuait toujours, avec moi, à parler en français car je ne parlais pas l'arabe. Mais ce mot-là dérogeait, par-dessus tous les autres, à cette discipline. Car il n'était, à proprement parler, pas un mot, mais un mouvement soudain par lequel nos deux cœurs, dépourvus de moyens, enjambaient ensemble la barrière du dicible. C'était un insaisissable mouvement, qu'aucun ne put traduire, mais dont nous connaissions la valeur. Par-delà l'expression d'une infinie tendresse, *mchikpara* signifiait « je prends ton mal ». Et plus que de le prendre et d'en devenir l'hôte, je nous en débarrasse. Dans l'entre-soi d'une étreinte maternelle, je la laissais ainsi, comme une lanterne seule vient à bout d'une nuit pleine, me délivrer de toutes mes peines, fussent-elles nommées, ou non. Et je l'aurais prise, au pas de sa porte, plus longtemps dans mes bras, mais elle nous avait priés d'entrer vite et sans faire plus de bruit. Par notre manque de prudence, nous aurions pu attirer les voisins, ce qu'il ne fallait pas, pour d'inconnues raisons. Elle referma, d'abord la grille ouvrante puis la porte de son appartement, chaudement embaumé par le parfum du camphre dont les cristaux brûlaient toujours chez elle, dans les petits cendriers de terre cuite posés ici et là.

– Pour quoi faire, tout ça ? dit-elle en montrant nos bagages.

– Il y a une valise pour toi, maman, répondit ma mère. Je t'ai rapporté le chocolat.

Sous les appels pressés de ma grand-mère, ma mère coucha la valise et l'ouvrit, pour lui tendre par mains pleines, six par six, des tablettes de chocolat Lindt. Il n'y avait, en comparaison de ces tablettes, rien qu'on rapportait de France qui puisse la réjouir un instant davantage. Elle en déballerait une sans attendre, en rangerait quelques-unes dans la commode de sa chambre, et laisserait en évidence le reste pour les offrir, comme marque d'affection, une à une à tous ceux qui viendraient lui rendre visite. Je riais de la voir en casser un morceau, indifférente aux lignes de coupe, et le mettre en bouche tout entier. Je récoltais cette moue hésitante, irréfléchie, plus ou moins tenace, quand je lui demandais s'il était bon. La recette restait la même, mais le goût variait d'une tablette à l'autre cependant selon son humeur. C'était ainsi, les morceaux d'un même chocolat permettaient de savoir, d'un jour à l'autre, si ma grand-mère avait cœur à la vie. Ce matin-là de mars, j'essuyais l'évidente expression de son indifférence.

Depuis l'entrée, quatre portes s'ouvraient à nous. Il y avait d'abord la cuisine, peuplée par mille et un appareils venus d'un autre temps et qui ne se plient qu'aux volontés de la maîtresse de maison. L'époque à laquelle ils appartiennent s'est figée sur l'horloge murale, de cette innommable anomalie, née sous les traits d'une gigantesque montre Rolex et arrachée un jour au poignet d'un géant. Lieu de tous les passages, au smog échappé des casseroles, la cuisine avait gardé ses airs de gare de jadis. Par terre, le carrelage écru hébergeait la lumière cuivre du four, ouvert et vrombissant comme un grand train à quai, impatient d'accueillir à son bord les cortèges de passagers prêts à embarquer. Ils attendaient, disciplinés comme des phalanges, sur des plateaux parsemés de farine, les petits biscuits formés en étoiles, en demi-lunes et en soleils. Ma grand-mère avait toujours été la commandante de bord de cette galaxie-là. Au fond de la cuisine se présentait la petite porte de fer scellée. Je n'avais pas oublié ce qu'elle renfermait. C'était un jardin aux murs d'ocre et au sol en damier, où jamais la nature n'avait perdu ses droits. Un jardin au grand air, suspendu au premier étage de l'immeuble, comme un prolongement de l'appartement. Il s'y était formé une végétation débordante, où des forêts sauvages aux feuillages denses s'assoupissaient à l'ombre de la ville. Enfants, nous aimions nous y perdre. Nous l'avions rebaptisé « la Jungle de mamie ». Nous nous engagions dans cet espace magique, armés de courage et de louches de cuisine, saluant sans regret derrière nous la plate réalité, incertains d'y revenir un jour, car il se pouvait même qu'il y eût, derrière les broussailles, des tigres et des rhinocéros. Parfois, quand le grand danger nous guettait, alors nous rejoignions la petite cabane aux murs d'osier et au toit de feuilles sèches, que le temps avait fini par effacer.

Il y avait ensuite la chambre de mon grand-père. La pièce était restée inoccupée depuis son décès car ils avaient pris l'habitude, ma grand-mère et lui, peu après qu'il était tombé malade, de faire chambre à part. Ma grand-mère dormait dans la chambre d'en face, fermée pour l'heure car cette fois elle avait demandé à ma mère de dormir avec elle dans l'ancienne chambre de mon grand-père. C'était celle où le bruit était le plus audible, disait-elle.

Le dernier accès, enfin, menait au grand salon. Je le traversai et passai tout au fond par la petite porte de fer-blanc qui conduisait à l'autre appartement que mes grands-parents avaient jumelé au leur lorsqu'ils y avaient emménagé. Ce n'était en vérité un appartement que depuis les années 1990, au cours desquelles ma grand-mère cessa d'exercer. Avant cela, cet appartement-là tenait lieu de salon de coiffure, où elle recevait ses clientes, des femmes exclusivement. Trente ans avaient passé depuis, tout était resté figé, comme si jamais elle n'y était retournée après ce soir où d'un élan spontané elle avait mis la clef sous la porte. Une grande table noire de bois verni surmontée d'un miroir, un bac de lavage en céramique rouillée, un casque à vapeur sur trois roues, un amalgame de pinceaux, de peignes et de ciseaux formaient un tout piégé dans un temps à l'arrêt qu'aucun ne pouvait remettre en marche. Quelques affiches s'alanguissaient sur les murs jaunis par les brûlés de camphre, portraits figés dans ce même temps de modèles L'Oréal aux coiffures soufflées par l'extravagance, serrées par les cadres de bois. Des légendes avaient pris racine ici, où les figures expatriées de France avaient trouvé refuge à Marrakech et se plaisaient à fréquenter le salon de coiffure du 66, avenue Al-Mâ' Az-Zahr. Il y avait eu la comtesse de Breteuil, celle de La Rochefoucauld, Mme Foissac,

Mme Brisepierre de La Fontaine. Toutes des femmes de noble lignée, symboles du grand raffinement français rattaché au passé bercé de poésie où ma grand-mère puisait de temps à autre pour nous rappeler qu'elle avait été la meilleure coiffeuse du Guéliz tout entier. Et même, de tout Marrakech.

Au milieu du salon de coiffure, elle avait installé un lit, le mien. Un grand lit, qu'il aurait été impossible de déplacer, que personne, sauf les invités de passage, n'occupait. C'était ainsi, sa manière bien à elle de faire comprendre que le lieu ne se retrouverait jamais, et que le passé, s'il ne pouvait être camouflé, pouvait être encombré. C'était, finalement, un lieu propice à l'ensommeillement, des corps et des choses. Je la soupçonnais pourtant de venir parfois dans cette pièce, vagabonde clandestine, poussée par une nostalgie, s'asseoir à la table noire de bois verni et détacher le grand chignon qui couronnait sa tête, avant de repartir.

J'étais ressorti par la petite porte de fer qui reliait les deux appartements, pour rejoindre le salon.

C'était cette pièce, le cœur de la maison, où j'avais, étant petit, passé le plus de temps, à jouer avec mes frères et sœurs. Je reconnaissais les guéridons habillés par les mêmes nappes de guipure derrière lesquelles nous nous cachions ; les grands vases de céramique cérusée remplis des mêmes bouquets de faux narcisses où nous promenions nos soldats miniatures et les faisions sauter de pétale en pétale, parfois aussi sur les plateaux d'argent garnis de fruits en verre soufflé. Rien, depuis, n'avait changé, ni d'allure ni de place. Tout était faux, figé comme avant, mais les imaginaires de l'enfance avaient été si facilement doublés par cette vérité froide qui me serrait la gorge. Rien n'avait changé. Tout avait changé. Inanimés, les objets fabuleux s'entassaient sous mes yeux comme un ramas de reliques et de vieilleries dépourvues de couleurs. C'était une erreur, avais-je pensé, irréparable maintenant, de les avoir laissés à l'abandon. Maintenant que ce voile de tristesse et de poussière, tombé sur la grande pièce, avait figé pour toujours chaque chose entre ses mailles si fines et dures qu'il était impossible de les rendre à la vie, maintenant tout était froid.

Au milieu du salon s'étendait la grande table en bois du shabbat où nous nous retrouvions tous, les vendredis et samedis de ces étés qui réunissaient mes parents, nous leurs enfants, les frères et sœur de ma mère et leurs enfants aussi. Nos mères nous habillaient de nos chemises et robes de lin blanc, qu'elles repassaient au matin. En ces jours de fête, c'était là que nous prenions tous place autour de mon grand-père, le maître de cérémonies. Ma grand-mère dressait pour l'occasion la table, le midi pour le soir, après quoi nous avions interdiction d'y jouer, car elle y disposait ses plus beaux services de porcelaine et d'argent, et les terres cuites qu'elle remplirait le soir venu des mets les plus exquis qui mijotaient depuis le petit matin et embaumaient la maison. Au centre de la table, elle cachait religieusement sous une serviette blanche les pains de semoule ronds qu'elle allait cuire le vendredi aux fours publics de la vieille ville, comme nombre de familles juives. Sur une petite coupelle, près du pain, elle disposait le grand verre à pied de prière que mon grand-père viendrait remplir le soir venu de vin rouge. Il donnerait ses bénédictions devant nous, l'assemblée familiale silencieuse, en boirait une gorgée, puis nos parents boiraient à leur tour, et nous après eux, leurs enfants, nous tremperions un doigt dans le grand verre pour le porter à nos lèvres. Puis il plongerait le pain dans un petit amas de sel comme l'exigeait la tradition, et en couperait de ses mains des morceaux qu'il jetterait dans nos assiettes de l'autre bout de la table. Et nous nous rassiérions alors tous d'un même mouvement, liés par la joie des prières que nous chantions à tue-tête pour rendre hommage à la grâce de Celui qui nous avait réunis en ce jour. Il n'y avait pas d'instant joyeux plus attendu que ce jour du shabbat où nous passions, petits et grands, des heures à célébrer cette table de fête que ma grand-mère, à chaque instant de la journée, s'appliquait à créer de toutes pièces. Après le festin, nos pères échouaient ensemble sur les grands canapés, où la narcose les consolerait des méfaits de l'excès. Et ils maudiraient en riant cette leçon qu'ils ne retenaient pas, déliant leurs ceintures, prisant du tabac noir pincé entre deux doigts dans de petites boîtes de métal, nous congédiant quand nous irions les voir. « Va jouer, chéri, papa essaie de respirer. » Il n'y avait pour nous pas plus d'attention chez nos mères, indisposées par nos frivoles querelles, affairées à piéger dans leurs verres de thé des pignons de pin prélassés dans l'eau chaude, et discutant à bâtons rompus autour de la grande table, saupoudrant ici et là de sel les taches de la nappe autrefois blanche.

Aujourd'hui, cette table n'est plus. Elle est un reposoir méconnaissable, un bastion de souvenirs sur lequel les chaises s'inclinent, toutes enveloppées dans de grandes bâches de plastique pour les mettre à l'abri de l'usage, du temps et de l'humidité. Sur le bois vierge s'empilent des sacs, une boîte à chaussures devenue boîte à couture, et des bancs de paperasses à perte de vue qu'aucun courage ne pourrait mettre en ordre. Elle est une table d'apparence comme une autre, où ma grand-mère s'assoit quand le téléphone sonne, chaque vendredi soir, et nous parle du bruit.

Pourtant ici, à l'endroit même où le vide s'était emparé de chaque chose, une étrange mise en scène ravissait toute mon attention. Il y avait à la place de mon grand-père un portrait de lui. En noir et blanc, une photographie le figeait, dans ses trente ans, installé dans son ancien atelier de tailleur, genou au sol à prendre les mesures d'un homme. Il nous avait quittés quinze ans plus tôt. Il était jeune et beau sur la photo. Mais à côté de ce portrait, posé sur la grande table, il y avait son vieux châle de prière. Il semblait alors qu'il était tout juste rentré de la synagogue, que nous l'avions manqué de peu, qu'il était aussitôt reparti, en trombe, s'occuper d'un client. Et qu'il avait ainsi, d'une main preste, relevé son portrait pour faire savoir à qui le chercherait dans l'appartement qu'il était à son atelier, qu'il reviendrait bientôt. Il ne posait pas. Il travaillait. De son vivant, il travaillait. Dans la mort, Simon Hayot continuait. Ma grand-mère l'aidait à poursuivre son œuvre. Hayot venait de *Haï*. En hébreu, « le vivant ». D'aucuns croiraient, passant d'aventure par ici, qu'il est toujours en vie, et qu'il hante ces murs comme il hante ma grand-mère.

Dans l'ancienne chambre de mon grand-père, ma mère et ma grand-mère s'étaient assises, au bord du grand lit. Je les regardais discrètement, dans l'entrebâillement de la porte, assises, raides, les mains couchées sur leurs genoux, silencieuses, attendre dans le noir. Quand ma mère vit que j'étais là, elle me demanda de les rejoindre, de m'asseoir près d'elles et de leur dire ce que j'entendais.

Je gagnai ce cercle de silence qu'elles avaient tracé tout autour d'elles, pour prendre place à côté de ma grand-mère, sur le lit en fer. Elle avait empilé, sur les lattes de bois cassées, plusieurs matelas qu'elle avait habillés avec une batelée de couettes et de dessus-de-lit en laine épaisse. Mais son petit ouvrage de dissimulation tournait court dès qu'on s'y asseyait, soit dans un trou profond, soit sur une bosse, comme sur le dos d'un chameau. Dans la chambre, il y avait bien un bruit. Un éternel tic-tac, leur fis-je savoir. Comme une montre. Ma grand-mère soupirante se leva pour attraper sur sa table de chevet le gros réveil et le ranger dans la commode.

– Allez, chut, concentrez-vous, reprit-elle en s'asseyant à nouveau entre ma mère et moi.

Parenthèse fermée, nous regagnâmes tous les trois le silence, après une grande inspiration. Immobiles, les jambes serrées les unes contre les autres, le souffle coupé, nous attendions qu'un bruit surgisse du silence et nous surprenne. Sur l'instant, j'avais compris qu'aucun bruit d'aucune sorte ne se manifesterait. Je regardais les mains nerveuses de ma grand-mère triturer un mouchoir froissé sur ses genoux. Elle était épuisée, en témoignaient ces cernes qui avaient investi son visage ridé. Ce bruit gâchait ses nuits. J'avais discrètement passé la main derrière elle pour tapoter sur le dos de ma mère qui avait, elle, fermé les yeux pour faire le vide. Je n'entends rien, avais-je mimé sur mes lèvres. Et comme moi, ma mère n'entendait rien.

Par nos gesticulations, aidés par les grincements du lit, nous avions dérangé l'attention de ma grand-mère.

– Attends, voilà, écoute. Tu entends ? demanda-t-elle.

Ses mains s'étaient figées sur nos genoux. Les yeux écarquillés, le visage relevé, elle tendait l'oreille au bruit. Mais pour nous toujours rien, nous ne l'entendions pas.

– Comment il fait, mamie, ce bruit ?

– Ouuuuuh... Ouuuuuh..., se mit-elle à entonner d'une voix vibrante. Écoute. Comme le vent, tu entends ?

Ma mère avait décidé de nous isoler un peu plus

de l'extérieur, donnant à ma grand-mère une meilleure chance de nous faire entendre la chose. Elle se leva, ferma la porte de la chambre pour dissiper l'éventualité que le bruit ne fût en fait qu'un grand tout composé des voix et des moteurs lointains qui pénétraient timidement, par le balcon, l'appartement. Elle ouvrit ensuite les grands rideaux pourprés de la chambre et descendit à l'aide d'une petite manivelle capricieuse les volets roulants pour faire taire les discrets soupirs du générateur qui tournait sur le jardin, dont le roulement était pourtant, avant cela, déjà imperceptible. Mais c'était un moyen astucieux de signifier à ma grand-mère que nous étions venus de bonne foi et de bonne volonté, prêts à reconnaître l'existence de ce bruit si toutefois nous pouvions l'entendre, prêts à démasquer ce tortionnaire sans corps qui tourmentait ses nuits, peut-être même à consentir au châtiment qu'elle trouverait bon de prononcer contre lui. Ma mère était à peine de nouveau assise que ma grand-mère se figea, glacée par le bruit sourd, avant de jeter son regard sur sa fille, puis sur moi, pressée d'entendre nos aveux. Mais nous n'entendions toujours rien. Rien de plus que les grincements du sommier sous les tressautements de ma grand-mère, que les chuchotis de nos vêtements qui, parce que nous étions comprimés sur le bord de ce lit, s'effleuraient. Nous ne savions plus de quelle manière nous lui dirions les choses, car lui dire seulement que nous n'entendions rien ne pouvait pas suffire. Alors nous avons tous deux, l'air désolé, haussé les épaules, sans prononcer un mot.

– Vous êtes sourds, ma parole. Attendez, attendez, vous verrez cette nuit, la nuit c'est très fort ! s'exaspéra-t-elle en quittant la pièce, laissant un vide inoccupé entre ma mère et moi.

Ma grand-mère s'était réfugiée dans le fauteuil de l'entrée. Je la regardais entortiller autour de ses doigts son mouchoir froissé, le visage noué. Elle mâchait, bouche ouverte, un chewing-gum décoloré, le poussait avec sa langue jusqu'au-devant de ses dents avant de le faire revenir et de mâcher à nouveau. En boucle, elle répétait ces va-et-vient avec cette petite boule de gomme blanche dans un mouvement houleux. La chose se durcissait, alors, irrésolue à s'en débarrasser, ma grand-mère mastiquait plus fort encore, contractant sa mâchoire avec nervosité. Nous étions là, chez elle dans le Guéliz depuis trois heures seulement, et nous avions déjà miné tous ses espoirs de nous faire entendre raison. Dans l'entrée, je m'étais assis à quelques mètres d'elle sur le canapé vert, mais elle évitait mon regard, tandis que je cherchais le sien, que je me serais contenté d'attendrir sans un mot. Mais elle n'en ferait rien si cette compassion-là n'était pas précédée du seul aveu qui lui était audible. Devant moi, elle trouvait plus juste de feindre quelque insincère préoccupation, prise aux rets d'une honte enfantine. Elle avait découvert par là, sur sa joue plissée, un malheureux endroit, un petit bout de peau qui la grattait très fort. Puis sur le sol, une minuscule tache grise qu'avaient peut-être laissée les roues de nos valises et qu'elle vint essuyer avec son mouchoir froissé. Nous partions, ma mère et moi, nous promener.

– Où vous allez ? demanda ma grand-mère.

– Faire un tour. Et peut-être voir la synagogue, dit ma mère.

Ma grand-mère fit la moue. La proposition était à mille lieues de résoudre le problème qui captait toute son attention. Elle ne souhaitait pas s'ouvrir à la possibilité d'un répit passager, le temps d'une promenade. Non, elle voulait y penser, comme si elle avait fini par croire que sa présence, à elle, pourrait venir à bout de ce bruit.

– Moi je reste là, je suis fatiguée, dit-elle.

Là-dessus nous sommes sortis, ma mère et moi, nous promener. Nous marchions le long de l'avenue. L'air était lourd. Nous passions sur le bas-côté, sous les rideaux des grands orangers qui bordaient la route, au feuillage et aux petites fleurs à la blancheur lumineuse amèrement exposés aux fumées noires exhalées par les pots d'échappement des berlines sillonnant l'avenue. Le long du trottoir se succédaient les terrasses de cafés où s'étaient installés sous les auvents des dizaines d'hommes assommés par l'ennui, pris dans l'hypnose des téléviseurs qui diffusaient de vieux enregistrements de matchs de foot. L'un d'eux dans un étrange sursaut s'était levé, emporté par la joie, criant au but alors que tous nous pouvions lire « replay 1984 » sur le coin droit de l'écran. Assis là par groupes de trois ou quatre autour de théières en laiton posées sur de petites tables à pied, immobiles et silencieux, ils semblaient eux aussi, comme des statues de cire séchées par le soleil, captifs d'un temps figé. Et ils resteraient là, du matin au soir, du soir au matin, bien aises de cette inertie-là qui n'a besoin, pour maintenir ces hommes entre ses mains, que de menthe chaude et de cigarettes blondes.

Nous marchions côte à côte, sans échanger un mot. Nous errions, chacun dans ses pensées, sonnés par les grands coups de l'incompréhension. Il n'y avait aucun bruit. Nous l'aurions juré. Jamais le silence n'avait régné sur pareil empire de solitude. Ma grand-mère pourtant contestait son autorité, certaine que son frère ennemi, le bruit, était seul maître dans ce royaume du vide. S'il y avait un bruit, à la vigueur appuyée par les implacables certitudes de ma grand-mère, nous ne pouvions l'entendre. Elle seule le pouvait. Alors ma mère et moi, nous nous étions promis de réfléchir, pour l'heure chacun de son côté, à ce qu'il pouvait être, et de revenir l'un à l'autre une fois seulement que nous aurions des idées qui vaillent la peine d'être entendues. En tête de liste venaient les acouphènes, pour leur banale simplicité. Tous avaient essayé, avant notre arrivée, de l'en convaincre, mais trop de fois, je crois, si bien que cette idée-là était devenue elle-même un acouphène pour ma grand-mère. Elle ne comprenait pas que le bruit, cet étranger damné, cet odieux tortionnaire, cet esprit malfaisant à l'hideuse apparence, puisse seulement porter un nom. Car cela voulait dire que Dieu, le Créateur, l'avait un jour engendré, nommé, envoyé au Guéliz. Et les démons, disait-elle, ne méritent pas d'être nommés. Ni même affublés d'abracadabrants sobriquets, comme celui d'« acouphènes ». Non, ce bruit-là ne pouvait avoir de nom. Alors nous avions arrêté de le nommer. Mais dès lors que ma mère avait, d'une douce pédagogie, tenté d'expliquer que ce problème-là pouvait venir de l'intérieur, pour ainsi dire de ma grand-mère, alors il fallait éprouver sa colère. C'était absurde. Le bruit venait de l'extérieur. Pas d'elle. Non, c'était autre chose. Une chose qui n'allait pas. Une chose, fallait-il comprendre, que ma grand-mère ne parvenait à dire. Ça ne pouvait se dire. C'était une chose infiniment plus confuse. Le bruit était devenu le moyen de traduire, comme il le pouvait, cette confusion. Il avait pris la forme de cette confusion. Toujours en elle, parce qu'elles sont souvent nombreuses, qu'elles surgissent en même temps, les émotions naissantes ont toujours émis un bruit extrêmement confus. Plus que quiconque, ma grand-mère en faisait les frais. Si facilement la joie se mêle à la peur, laquelle se mêle à la colère, qui avec son mégaphone parvient à appeler le dégoût, la nostalgie, la surprise, et toutes décident de lire leur propre partition, et qu'importe l'harmonie.

Ensemble, elles forment un mille-feuille de mille feuilles en désordre. Ou un bruit gigantesque. Cette confusion se matérialisait ainsi. Nous le savions. Il suffisait de trouver ce qui n'allait pas, pour comprendre alors l'origine de ce bruit. Ce pouvait être quelqu'un qui la dérangeait. Ou quelque chose. Un mauvais souvenir. Une parole impertinente. Seulement tout cela se disait facilement, et ma grand-mère déjà nous l'aurait confié. C'était ailleurs. C'était un fait qu'elle ne pouvait admettre, car ne sachant l'admettre. Dans son monde ordonné, quelque chose s'était renversé. Comme ici rien ne bouge, que les heures se prolongent, que tout s'enfle à la poussière du temps, alors je comprenais que cet élément que nous devions trouver n'était pas visible. Ce ne serait pas facile. Nous étions en mauvaise, très mauvaise posture. Nous devions chercher une chose qui n'avait pas de corps, qui n'avait pas de voix, qui peut-être même ne faisait pas partie de ce monde-là.

Après le boulevard Zerktouni, nous avions tourné rue du Pacha. C'était là, quelques mètres plus loin, que nous trouverions la synagogue du Guéliz. Sur le trottoir où nous marchions, ma mère désigna une petite porte de bois prise dans le renfoncement d'un grand mur de pierre – l'entrée de la synagogue. La porte était fermée, et depuis la rue nous ne pouvions apercevoir la façade de l'édifice. Le haut mur était coiffé d'une ligne de petites tuiles bleues et blanches qui empêchait de voir au-delà. Il n'y avait pas d'interphone. Seulement une mézouza dans un étui de fer, posée en biais sur le chambranle de la petite porte de bois et qui nous garantissait que nous étions au bon endroit. Ma mère posa sa paume sur le petit étui, selon la pratique, et embrassa sa main, avant de toquer à deux reprises sur la porte de bois.

Sur l'autre trottoir s'étaient amassés des groupes d'enfants en uniforme devant un grand bâtiment à la façade marbrée, où il était écrit « American Language Center ». Quand ils virent que nous nous étions arrêtés, ma mère et moi, devant la porte de la synagogue, ils se mirent à nous fixer, intrigués, comme s'ils avaient pensé tout ce temps que ce bâtiment était abandonné. C'était, à en croire ces regards unanimement confus, la première fois qu'ils apercevaient des étrangers essayer d'entrer par la porte concave de ce grand mur.

Ma mère frappa à nouveau, plus fort. Mais nous n'entendions, malgré ça, pas un bruit derrière la grande porte. Le gardien aurait pu être là, de l'autre côté du mur à quelques mètres de nous, engourdi sur une chaise au soleil.

– Sidi ! cria ma mère, le visage haut.

Les enfants sur l'autre trottoir nous scrutaient sans relâche. Ils semblaient savoir que personne ne viendrait, leurs regards faisaient foi. Ils avaient raison, personne ne venait. Nous partîmes, résignés, reprenant notre chemin le long de la rue du Pacha jusqu'à son terme, de l'autre côté, et la rue Ibn-Sina.

Marrakech m'aurait tout dit. De sa peine. De son mal. Si seulement. Mais je ne parle pas l'arabe. Lorsque je l'écoute, je l'entends grelotter. Et quand je la regarde, alors je vois ses rues se resserrer au passage du brouillard, comme ses bras transis se referment tout autour de son corps. C'est un froid qui cueille la liberté, qui freine le mouvement, qui s'imprime sur la peau, qui pétrifie le cœur. Un froid mouvant, qui souffle le frimas, qui s'introduit partout, comme le maître des clefs. Un froid fier, comme le père. Un froid qui a choisi d'exister et de ne jamais mourir. Je ne l'ai jamais connu, et Marrakech non plus. Il est l'ignoré, l'échappé des cellules closes de l'imaginaire, par un trou creusé quand les gardiens du réel se sont laissés aller au plus petit moment d'inattention. Depuis, l'imaginaire tout entier est tombé aux mains de la panique. Toutes ses frontières se ferment. Tous ses veilleurs patrouillent. De jour, de nuit. Il faut trouver le froid, et le ramener ici. Savent-ils seulement que le froid est déjà là ? Marrakech l'a aidé et l'abrite maintenant. Elle a besoin de lui pour chasser le soleil. Pour effeuiller les arbres, pour être tout ce qu'elle n'est pas. Pour dire que ça ne va pas. Que rien n'est plus normal. Car il se peut, sans lui, qu'elle échoue à dire que la tristesse la ronge. Mais elle ne peut, même si le froid est là, dire quelle tristesse la ronge. Elle ne sait définir son mal-être. Elle ne parvient pas à en trouver la source. C'est un froid qui a besoin de plus que toutes les couettes du Maroc. C'est bien plus que le froid. C'est bien moins qu'un remède qu'il faille trouver ici. Mais le mal, simplement. Il faut simplement le nommer, pour guérir Marrakech.

La ville froide ne sait pas ce qu'il lui arrive. Elle nous demande, à nous, de soigner la souffrance. De regarder autour, de trouver sans indice. Elle me demande à moi de comprendre pour elle. Elle dit « je ne vais pas bien », et le bruit n'est pas rien.

Après quelques rues, nous sommes réapparus sur l'avenue. Ma grand-mère s'était installée au pied de son immeuble, lorgnant notre retour, assise sur une chaise qu'elle avait piquée au café d'à côté. Dans sa gandoura rouge, elle se balançait mollement sur sa chaise, pieds nus sur la faïence du trottoir, tricotant sans réflexion une pelote de laine noire avec deux grandes aiguilles en bois, posée sur ses jambes. Elle observait alentour le monde défiler sous ses yeux, suivant d'un regard insistant chacun des passants. Il y en avait un peut-être, parmi tous ceux-là, informé ou coupable du bruit qui gâchait sa tranquillité. C'était, à n'en pas douter, ce qu'elle pensait, car elle les fixait un à un jusqu'à ce qu'ils se dérobent à ses yeux de chat, d'un air soupçonneux comme si elle espérait percer à jour l'intrus parmi les foules, l'escamoteur qui pouvait bien se jouer d'elle. Nous étions les prochains qui passeraient sous ses yeux, déjà elle nous examinait comme d'égaux inconnus, nous réservant pareil traitement, jusqu'à ce qu'elle s'éveille d'une manière tout à fait soudaine, revienne à elle et réalise qui nous étions. Elle joignit ses aiguilles de bois et les posa près de sa pelote dans le petit nid de tissu creusé par ses jambes séparées.

– Alors ? Où vous étiez ? demanda-t-elle.

– On a marché jusqu'à la synagogue, mais c'était fermé, répondit ma mère.

Une gêne crispa son visage. Il semblait qu'elle savait déjà quand nous étions partis que nous ne trouverions au terme de notre balade qu'une synagogue fermée. Elle déposa sa pelote sur le pas de la porte et se leva, le dos courbé et endolori par l'assise, et se mit à marcher, traînant ses babouches jusqu'au bord du trottoir où elle s'arrêta devant un oranger. Sous les regards pantois des hommes installés au café, décrochés en la circonstance du match de foot qui captait toute leur attention, ma grand-mère leva les bras, se mit à fouiller dans le feuillage du grand oranger, et arracha une poignée de fleurs. Le groupe d'hommes nous regarda alors, ma mère et moi, amusé par ce drôle de spectacle. Nous cédâmes tous ensemble au rire, tandis que ma grand-mère fouillait comme sur l'étal d'un marché d'étoffes, à travers les grandes feuilles pour dénicher quelques autres petites fleurs blanches au cœur d'or. Nous la regardions tous les cueillir sur les arbres communaux de l'avenue principale comme si après tout, parce qu'ils étaient plantés devant la porte de son immeuble, ils devaient lui appartenir à elle plus qu'à d'autres. Elle revint sous le fou rire collectif, indifférente aux gausseries bon enfant, et s'arrêta devant nous, les mains pleines de son petit magot blanc.

– C'est pour le thé, dit-elle. Pour samedi, après shabbat. *Yak ?* me demanda-t-elle, cherchant mon approba-

…n, que je lui donnai sans attendre, déconfit et tordu de rire.

Yak. Ce petit mot, ma grand-mère l'employait aussi souvent que possible. Si facilement, *yak* se faisait une place dans chaque conversation. Il signifie « n'est-ce pas ». Il est le petit dernier d'une fratrie de mots qui ne grandit jamais, qui de justesse parvient toujours à s'insinuer avant que les grandes portes de la parole ne se referment seules. Il se montre sous les airs d'un début de question et tinte comme le bruit de l'âme qui sème le doute partout. Il dit « rien n'est jamais certain, tout est seulement possible ». Il est le son du doute que ma grand-mère, sans peine, se plaît à employer à chacune de ses phrases. Ainsi *yak*, les choses peuvent être, ou ne pas être. Tout devient révocable. De ses trois lettres, il fait vaciller toute vérité, et vibrer le fil sur lequel tous ceux qui l'ont précédé se tiennent en équilibre. Qui eût cru qu'une si petite chose, de sa timide empreinte, rende tout si vulnérable ? Il cherche l'approbation, quand sa maîtresse, elle, doute. Ma grand-mère s'est attachée à lui. Lui s'est offert à elle. Et pour le remercier d'être tout le temps présent, elle lui a cousu une laine. C'est une laine de joie qui lui donne fière allure et qu'il ne quitte plus. Car *yak* se présente, depuis que je le connais, toujours sous les traits d'un sourire. *Yak ?* demande ma grand-mère en souriant. Grâce à lui, les fins de phrases sont joyeuses. Et toutes les fins d'ailleurs. Puisque *yak* est partout. Elle a fini par le croire. Nous sommes ici, au Guéliz, pour mettre un terme au bruit. Désormais portés par l'espoir que ce terme sera joyeux, *yak ?* Le seul problème c'est que, quand ma grand-mère parle du bruit, étrangement *yak* s'absente. Il ne se risque pas à contester le bruit, devenu certitude. *Yak* est un petit être que je souhaite courageux.

Je récupérai les affaires de ma grand-mère sur le pas de la porte. Nous remontâmes. Dans l'appartement, elle me tendit à deux mains les petites fleurs qu'elle serrait contre ses paumes.

– Va, va les passer sous le robinet dans le jardin.

Il y avait peu à faire. Nous nous étions laissés aller à l'inertie sur les canapés de l'entrée. Ma grand-mère et ma mère décortiquaient avec leurs dents des pépites, ces petites graines de tournesol grillées. Un grand sac en plastique, ouvert, posé à égale distance entre elles deux, récoltait les petites coquilles noires tandis qu'elles gobaient avec automatisme les graines blanches.

Le doigt de ma grand-mère rythmait le silence. Il allait de la langue à la page, sans discontinuer, accompagnant chaque mot d'un magazine de mode bien installé sur ses deux jambes. Elle aimait lire, ma grand-mère. Plus que tout, des magazines vieux comme le monde. De cette manière, elle était toujours à la pointe de la mode. Peut-être même un petit peu en avance sur son temps. Les épaulettes et les motifs léopard dictaient toujours le beau à qui voulait l'admettre en empruntant, sur les grandes piles dressées un peu partout dans l'appartement, des revues des années 1980 aux couleurs effacées. *Glamour. Grazia. Gala. Marie-Claire.* Les archives de la mode depuis sa création sont bien gardées ici.

Par moments, il arrive qu'elle se décide à faire la lecture pour tout le monde, dès qu'elle estime que l'information est trop vraie pour que quiconque l'ignore. C'est généralement l'affaire de quelques minutes, avant qu'elle ne reprenne sa lecture dans sa tête. Ce qui fait l'effet d'un flash info, ou de pages de publicités.

– En apportant du collagène frais, récite-t-elle, notre crème de jour s'attaque aux causes des rides sèches comme aucune autre crème que nous connaissons. Annie, tu as entendu, *yak* ? Annie ?

– Oui, maman, les causes des rides sèches, j'ai entendu.

Parfois, le trac la fait bafouiller. Toujours, les mots sont hachés. Sa diction l'attendrit à mes yeux. Aucun mot n'est trop dur. Trop sensé. Trop facile. Trop abstrait. Ils se valent, tous. Ils sont tous abordés, affrontés, vaincus après la grande respiration qui les précède, après tout cet élan qu'elle prend pour se lancer. Et vient la grande articulation. Et le sourire béat, entre les mots, qui nous dit qu'elle est fière. Fière de montrer qu'elle sait. C'est un sourire qui permet au point d'exister entre tous les mots d'une seule phrase. Car les phrases, elles, contrairement aux revues, sont passées de mode. Le mot retrouve tout ce qu'il est. Il est comme créé, une seconde fois, et jeté en pâture au monde pour que le monde lui-même parvienne à se dire. J'aime l'écouter. Je l'écouterais des heures.

– Poisson. Cette semaine, les énergies cosmiques favoriseront l'harmonie dans vos relations, lut-elle.

Personne n'est Poisson dans la pièce. Mais nous acquiesçâmes, attendant que notre tour vienne.

– C'est pourquoi on dit que les gros poissons mangent les petits, reprit-elle à voix haute. N'est-ce pas, *mchikpara* ?

– Totalement, mamie, dis-je.

Elle posa le magazine sur la table. C'en était fini de la lecture. Les Vierges, les Lions et tous les autres traverseraient cette semaine – ou plutôt celle du 9 mai 1983 – sans le moindre petit indice.

Il devait être dix-neuf heures quand la nuit s'invita. D'un battement de cils, elle avait trouvé refuge dans chacune des pièces de l'appartement, dans chacune des rues du Guéliz faiblement éclairées désormais par les lumières papillotantes des réverbères. Comme leur lueur n'arrivait pas jusqu'à nous, je quittai ma chaise pour relever l'interrupteur en laiton près de la porte de l'entrée. Une vibration sourde résonna, jusqu'à ce qu'un grand tube s'éveillât péniblement au-dessus de nos têtes et inonde la pièce d'une lumière d'un blanc cru, jetant un grand froid pour nous soustraire instantanément à notre inertie.

Ma grand-mère se leva et marcha vers la cuisine. Elle s'arrêta à la porte de la grande pièce enténébrée, et à tâtons finit par trouver le petit interrupteur. Elle se figea. Ses yeux éblouis eurent besoin d'un instant, comme s'ils redécouvraient cet espace incertain, oublié, aurait-on dit. En elle, le bruit avait engendré une forme d'incertitude. Il était capable, ici, de renverser chaque chose, de changer les serrures et, par-delà les portes closes, de transformer selon sa volonté les mondes de ma grand-mère. Pour l'heure, elle semblait rassurée de voir ainsi que rien n'avait bougé.

– Va t'installer, *mchikpara*, moi je vais tout apporter, me dit-elle.

Partout ailleurs, la magie peut être la fable des esprits endormis. Mais pas ici, dans cette cuisine. À l'évidence, la pièce est soumise à un enchantement. À toute heure du jour et de la nuit, dans ce lieu inondé de lumière ou baigné d'obscurité, sans que personne s'y engage, les plus beaux mets se préparent. Par un charme souverain, les casseroles bosselées se réchauffent à feu doux, bercées par les tours éternels d'une cuillère en bois. Les stratus de vapeur s'amoncellent sans jamais s'éclipser, et voyagent loin, très loin du carrelage blanc, transportant avec eux les parfums des jardins mijotés, des poissons carminés aux pistils de safran, des fèves tachetées par l'ocre du cumin. Ici, le four tournant fait briller les visages, et les cocottes sifflent aux oreilles d'une femme cuisinière que les yeux ne peuvent voir. Sans repos, ses mains virtuoses et spectrales épluchent les légumes, hachent la viande d'une main entraînée, assaisonnent tous les plats. Alors, quand tenaillés par la faim vous entrez, les festins des merveilles s'exaltent de votre venue. Et celle qui les a composés déjà n'est plus là. C'est à croire qu'une autre version de ma grand-mère s'y attelle quand elle est avec nous. C'est à croire que la magie existe, et qu'il nous faut l'admettre.

Je faisais des tours dans l'entrée, attendant son retour, quand j'aperçus sur le meuble une chose parmi les clefs, les statuettes de cuivre et les papiers, qui mit ma curiosité en mouvement. Je m'approchai pour prendre dans mes mains ce petit cadre de bronze où se cornaient les rebords d'une photo de ma grand-mère. Je n'avais jamais vu cette photo. Ma grand-mère posait, le regard digne, en pleine rue. Elle était habillée d'un somptueux cafetan violet, coiffée d'une imposante couronne berbère de pierres et d'argent, figée d'un sourire d'une ineffable joie. L'émerveillement était donné dans les yeux d'autres, des passants, sur la photo, qui s'étaient arrêtés pour l'admirer sans réserve. Ce jour-là, une sultane se baladait en ville. Elle n'avait pour l'occasion prévenu personne, alors elle créait la surprise, et je l'imaginais ainsi s'ébattre fière dans les rues du Guéliz, traîner les chapelles de sa robe, cueillir sur son passage des bouquets de regards fascinés.

Je passai la tête par la porte de la cuisine et je ris de la voir, pieds nus, se recoiffer d'une main précipitée, se remettre à l'image de cette femme en cafetan que je lui montrais là. Elle tira un large sourire et me dit que c'était elle, mais ça je le savais.

– C'était Pourim, dit-elle, l'an dernier. Je m'étais

déguisée pour le carnaval. En reine Esther. Je suis belle, *yak* ? Repose-la, *mchikpara*, j'amène le repas.

À Pourim, dans la tradition juive, les enfants se déguisaient. Ils enfilaient des costumes hauts en couleur pour rendre hommage, disait-on, au récit biblique de la reine Esther, l'épouse du roi Assuérus. On racontait que lorsque le vizir du roi, l'homme Haman, demanda à la cour de se prosterner devant lui, Mordékhaï, l'oncle d'Esther, refusa de s'incliner, prétendant que les juifs ne se prosterneraient devant aucun autre que Dieu. Alors Haman, furieux, publia un décret visant à exterminer tous les juifs. Esther, par quelques artifices, avait su cacher aux yeux de son mari le roi son identité juive. Mais pour sauver son peuple, elle dut révéler à son époux le secret qu'elle cachait, et le roi amoureux contremanda le décret publié et condamna son vizir Haman à la mort. Depuis lors, les enfants se déguisaient, pour cacher avec malice leur identité comme Esther l'avait fait. On fêtait Pourim, à peu près à cette période de l'année d'ailleurs, pour célébrer ce jour où les juifs furent sauvés, par le courage de la reine Esther, du complot tramé contre son peuple. Ma grand-mère aimait ça, les traditions joyeuses, et les déguisements aussi.

Elle ne choisissait pas, comme la fête ce jour-là le voulait, un déguisement seulement destiné à cacher son identité. Elle revêtait les couleurs de la reine Esther, et déambulait ainsi, dans les rues du Guéliz. Elle devenait celle qui, il y a plus de deux mille ans, nous avait sauvés. Elle devenait une autre, aux yeux du monde entier. Partout dans son appartement, elle pouvait être ce qu'elle était vraiment. Partout sauf dans ce petit cadre de verre qui renfermait à lui seul Marrakech tout entière. Dans son Guéliz, ma grand-mère cachait la juive qui vivait sous la femme. D'aucuns verraient une vieille aux parures fantasques, à l'allure singulière, s'enamourer de l'intérêt des autres, le temps d'une journée.

– C'est quand Pourim cette année ? demandai-je à ma mère.

– Le 16, mercredi prochain. On sera déjà partis, répondit-elle.

Ma grand-mère se pencha et posa sur la petite table, près du sac à pépites, les grands plats, quelques serviettes de papier, et ma mère et moi nous nous mîmes à manger. Ma grand-mère repartit aussitôt en direction du meuble où trônait sa photo et y prit une clef entre les trousseaux intriqués. Elle ouvrit les petites portes en bois pour y enfoncer ses mains entre des nappes et des étoffes pliées. La main fermement cramponnée à l'étoffe du dessus pour éviter que la pile entière ne lui tombe sur les pieds, elle tira une grande soierie violette et referma les portes du meuble. C'était son cafetan de Pourim. D'un geste prompt, elle l'étendit sur le fauteuil. Nous la regardions s'agenouiller au sol, se pencher et d'un œil chirurgical dépister et ôter un à un les cheveux qui s'étaient logés sur le grand tissu, pour les coincer dans son mouchoir froissé. Nous avions compris que nous l'avions surprise. Elle avait oublié que Pourim approchait. Il fallait qu'elle soit prête. Elle le serait, car il ne lui fallut pas plus de trois minutes pour retirer les quelques cheveux collés sur son cafetan, qu'elle finit par plier pour le laisser sur le fauteuil en évidence. Elle l'aurait rangé de bon cœur si elle ne risquait pas à nouveau d'oublier Pourim. C'était plus prudent.

Elle finit par nous rejoindre à la table, préleva comme nous le faisions un morceau de poulet et le porta à sa bouche. Nous mangions là, sur le canapé bas de l'entrée, plongés dans sa lumière froide, car ce n'était pas shabbat. Il n'y avait pas de raison de s'asseoir à la grande table, ni même de prendre le temps. Ma grand-mère était devenue expéditive. Elle n'avait jamais prêté son attention à des choses de moindre valeur comme elle aimait les considérer, mais désormais plus rien n'en avait. À peine eut-elle avalé deux maigres morceaux de poulet, qu'elle colla ses doigts sur une serviette de papier, la coupla d'une poigne franche à son mouchoir froissé, prit l'assiette et partit la laver. Il n'y avait pas d'intérêt manifeste à s'éterniser là.

D'abord, parce qu'elle n'exprimait plus le souhait de consacrer du temps aux choses simples, ni même aux choses tout court. Il y avait une urgence déclarée d'en venir chaque fois à l'étape d'après, et cela inquiétait. Car elle donnait à chacune moins de temps, priant que la suivante, ou la dernière, vaille la peine d'accélérer la vie. Il n'y avait que le bruit. Seul le bruit était capable de la retenir un instant dans l'atonie du présent. Alors, tout ce qui empêchait ce bruit de surgir du plus profond silence devenait dispensable. Marcher, cuisiner, coudre, disparaître entre les lignes d'un livre, tout ce qu'elle avait eu jadis cœur à faire était devenu vain. Car son entière attention désormais appartenait à ce bruit, à cette noce silencieuse où se manifesterait, à pas feutrés, son amant détesté. Bientôt, elle couperait l'eau du robinet, mettrait sur la grille l'assiette à égoutter et s'enfoncerait à nouveau dans le fauteuil de l'entrée, silencieuse, prête à confondre son bruit, plus audible la nuit.

Mais aussi, parce qu'il fallait ne laisser aucune trace de notre passage ici, comme si après tout, nous n'étions pas vraiment là. Je la voyais glisser son mouchoir en travers de la table pour y récupérer les miettes que nous avions laissées. Elle ramassa le sac à pépites et replaça un vase que nous avions poussé pour y mettre l'assiette. Nous n'avions pas dîné. Quiconque rentrerait à cet instant dans l'appartement et nous surprendrait tous les trois autour de la table basse de l'entrée le penserait. Tout devait demeurer vierge, enduit d'une fausse vérité, comme si, finalement, nous n'étions que des spectres incapables de toucher ou de déranger l'espace que nous occupions sans droit. C'était ainsi. Ma grand-mère n'habitait plus son appartement, qu'elle avait cédé à son exigence maladive. Il n'y avait plus de vie, et je comprenais le sentiment d'une froide inhospitalité qui nous envahissait depuis notre arrivée.

– Tu es allée voir l'ORL ? lui demanda ma mère.

Elle leva les yeux au ciel, fronça son visage tout entier à cette question qui lui semblait hors de propos.

– Il a dit que j'avais l'oreille parfaite. Mieux que lui, m'a-t-il dit, affirma-t-elle, l'index pointé vers le plafond.

Elle se releva et partit chercher, sur la table du salon, une feuille nichée dans l'amas de paperasses, qu'elle déplia et tendit à ma mère. Je vins m'asseoir près d'elle pour regarder, moi aussi, cette feuille de papier. Il n'y avait rien. Pas de nom, d'adresse, ni même d'indice qui nous aurait laissés croire qu'elle lui avait été délivrée par un médecin. Seulement une courbe au centre de la feuille, tracée à main levée, et d'une main tremblante, sans aucune autre annotation, pas le moindre mot ou repère pour lire ce qu'il fallait en comprendre. La courbe montait, c'était tout. Ça aurait pu être la courbe de n'importe quoi. La feuille déchirée d'un cahier d'école, tombée par hasard du cartable d'un enfant sur le trottoir. Ma grand-mère examinait la même courbe, nous fixait par instants, prête à cueillir notre agrément, fière de présenter de si bons résultats.

– Qui t'a donné ça, maman ? demanda ma mère, se retenant de rire.

– Le docteur. Il est venu ici. Dix sur dix il a dit. Il a entendu le bruit, lui. Ma parole.

– Tu as montré ça à Charly ?

– Qu'est-ce qu'il sait, lui ? L'oreille parfaite, je te dis.

Charly, l'aîné de ma mère, était médecin. Sa parole

faisait foi dans la fratrie, et auprès de ma grand-mère qui ne s'en remettait qu'à lui. Il n'y avait jamais eu de raison de consulter de médecin, car elle avait le fils qui la conseillait mieux que n'importe qui, même s'il vivait en France. S'il l'encourageait parfois à consulter d'autres médecins, plus spécialistes que lui, elle ne l'écoutait pas. Son avis comptait plus, il prescrivait toujours les meilleurs traitements. Mais désormais, devant ce bruit, sa parole de médecin avait perdu toute sa valeur, car elle ne voulait pas s'exposer à la simple idée qu'il lui dise que cela pouvait venir de l'intérieur, si personne d'autre qu'elle ne l'entendait. Elle avait besoin qu'on la croie, et il y avait un risque que son fils n'aille pas dans son sens cette fois. Alors Charly ne savait plus rien. Nous étions tous, à ses yeux, devenus ignorants.

Il était encore tôt, mais la nuit et l'ennui s'étaient entendus pour nous pousser jusqu'à la chambre. Plutôt que de rejoindre l'ancien salon de coiffure, où il avait été question que je dorme, je les avais accompagnées dans la chambre de mon grand-père où elles passeraient la nuit. Ma mère m'avait demandé de dormir là. Elles se coucheraient tête bêche sur le grand lit à bosses de chameau, moi sur un matelas à même le sol. Elle pensait, à bon droit, que deux paires d'oreilles valaient mieux qu'une, pour distinguer, si tant est qu'il veuille bien se montrer, le mystérieux bruit. Nous étions là pour ça, mettre la main sur ce vagabond nocturne. Il ne fallut pas longtemps avant qu'il ne surgisse, dans le noir enveloppant. Ma grand-mère qui s'enroulait encore dans ses draps, en quête d'une position confortable, se figea net dans un sursaut.

– Qu'est-ce que c'est ? Les sirènes, vous entendez ?

Il y avait bien quelque chose. Un son. Je l'entendais.

Un souffle rond, une note tiède et soutenue, qui semblait prise au piège entre les murs de la chambre. Ma mère aussi l'entendait. Nous nous étions redressés sur nos lits et nous prêtions l'oreille, immobiles, à l'inespérée survenue de ce bruit dont nous ne pouvions saisir la provenance. Ça aurait pu être le chuchotis d'un vent, insinué par la fenêtre entrouverte du balcon, aspiré par les bardages en tôle de l'immeuble, coincé entre les murs. Nous essuyions les regards de franche satisfaction de ma grand-mère, qu'elle posait sur nous l'air de dire que nous avions été sots de ne pas l'avoir crue. Nous aurions tout avoué si, d'un élan soudain, la note n'avait pas changé d'un petit intervalle. Elle était plus aiguë. Ça ne pouvait être le vent, car le son n'était pas empreint d'une vibration, mais bel et bien de notes. Des notes intactes et pures, tenues l'une après l'autre bien trop longtemps pour que nous eussions soupçonné sinon le chant d'un bruant perché sur le balcon. Ma mère se leva, sous les appels fébriles de ma grand-mère qui la priait de se rallonger et se taire pour céder plus de place à ce bruit. Mais, résolue à comprendre, elle ouvrit la porte de la chambre. Encore, la note changea, et redevint celle que nous avions entendue à sa première apparition. Elle résonnait, plus fort, avec la porte ouverte. Ce n'était en effet ni le vent ni l'oiseau, la sirène, ni aucun bruit d'aucune sorte.

– *Almuadhin*, maman.

Il était vingt heures trente. Le muezzin, haut perché entre les créneaux de la Koutoubia, lançait l'appel à la prière. Nous l'entendions, la mélopée lointaine, psalmodiée par cet homme. Solitaire sur son balcon, le messager de Dieu sillonnait à la force de sa voix entre les colonnes, sous les arcades et les auvents, prorogeant les affaires et les passe-temps des dévots, les invitant à se rallier à lui. Depuis le minaret d'argile, sa voix résonnait dans toutes les rues de la vieille ville et dans celles du Guéliz après elles. C'étaient bien les sirènes que ma grand-mère entendait, zéphyriennes, les sirènes sacrées qui traversaient la ville.

– Ah, oui. Ce n'est pas ça, attendez, vous allez voir. C'est autre chose, le bruit, reprit-elle.

Ma mère se rallongea, et ma grand-mère se leva à son tour pour ouvrir la commode, où elle prit à deux mains une petite boîte de fer. Elle l'ouvrit, farfouilla entre des emballages vides et en tira une poignée de bonbons, certains blancs, d'autres noirs, à la menthe et la réglisse.

– Tu en veux, *mchikpara* ? Grâce à ça, moi, je dors mieux, me dit-elle en me tendant la boîte depuis le lit.

Je me laissais surprendre chaque fois par cette tendresse enfantine qui lui collait à la peau et dont elle ne pouvait se défaire. Elle tenait bon, au mépris de cette colère abreuvée du poison que coulait l'insupportable bruit. C'était une joie soudaine, un relent spontané de vie dans les canaux aux eaux breneuses de son esprit, qui surgissait toujours au moment même où nous l'attendions le moins. Comme l'ultime baroud du David, de cette tendresse prête à se battre avant de rendre son dernier souffle, de repartir, de revenir plus aguerrie pour faire tomber Goliath, ce grand colosse de pierre et de colère.

– Prends-en deux, moi je mélange. Menthe et réglisse, ça marche mieux.

L'envie inavouée de manger des bonbons avait trouvé un refuge pour se dire là où personne ne pouvait la juger. Des bonbons qui marchaient, ma grand-mère avait inventé ça. Elle-même savait bien que les petits cristaux de sucre qu'elle pressait prudemment entre ses deux molaires ne l'aideraient pas à trouver le sommeil.

– Tu vois ? Je suis déjà fatiguée, confia-t-elle, plongeant de nouveau sa main dans la petite boîte de fer pour en déballer d'autres.

– Tu l'entends le bruit là, maman ? lui demanda ma mère.

– Oui. Très fort, dit-elle, les dents serrées.

L'appel à la prière avait cessé depuis quelques minutes déjà. Le silence emplissait la vieille ville, le Guéliz, les rues alentour, et la chambre. Nous n'entendions plus rien. La seule question de ma mère l'avait arraché à l'oubli et ramené à la vie. Finalement, il fallait qu'on en parle pour qu'il existe encore. Eussions-nous tenu nos bavardages autour de ces bonbons de menthe et de réglisse, ma grand-mère se serait laissé pousser aux portes du sommeil, hypnotisée par la petite berceuse de sucre.

– C'est là-haut, murmura-t-elle.

Cela semblait une nouvelle histoire, sortie du chapeau et quelque peu malbâtie, donnait à croire le petit air honteux qui habillait sa voix. Nous attendions, ma mère et moi, d'en savoir plus, car nous étions nous aussi les yeux rivés sur le plafond, le plancher des voisins, et nous n'entendions rien.

– Avant, au-dessus ils avaient une grande baignoire. Mais ils l'ont retirée. Maintenant on entend le vide, reprit-elle, confiante. *Ouuuuh... Ouuuuh...*, entonna-t-elle. Comme un grand bain aux esprits.

La chambre était devenue son refuge. Elle voulait être là. Dans aucune autre pièce du grand appartement. Avant qu'elle ne s'y mure, elle fermait l'une après l'autre chacune des portes de l'appartement. De la plus reculée à la plus proche. Celle du balcon, celles du grand salon, du jardin, de la cuisine, et pour finir celle de sa chambre. C'était un rituel. Derrière les portes closes, les pièces disparaissaient, rapetissant l'espace, le réduisant à rien. Le bruit l'y invitait. Le bruit lui forçait la main, et fermait seul toutes les portes de l'appartement. Il nous retranchait ainsi dans la chambre, dans la seule pièce où il pouvait parler. Où elle pouvait l'entendre. La nuit venue, il était le geôlier. Elle était sa captive. Dans l'antre de sûreté, docile à son commandement, elle fermait seule la porte de son cachot et l'écoutait s'exprimer. Parfois, attendant qu'il surgisse du grand silence, elle préférait parler et faire passer le temps plutôt que porter ses pas au sommeil et à la nuit tranquille. De tout, de rien, pour nous garder près d'elle. Jusqu'à l'aube. De l'hôpital qui vient d'ouvrir. De Layla, croisée aux bains la semaine dernière. De ce qu'on mangera demain.

– Il a dit : « Vous êtes très élégante, madame », dit-elle.

Par moments, au fil d'une pensée qu'elle avait menée seule, les mots surgissaient. Et nous devions deviner seuls ce qui les précédait. Par moments, ma grand-mère pensait qu'on était dans sa tête. *Il*, je le connaissais bien. *Il*, dans ma famille, avait toujours eu une place importante. *Il* n'est pas vraiment quelqu'un, *Il* est celui dont on a oublié le visage. *Il* est une personne qu'on invoque quand on a besoin de quelqu'un mais que personne n'est disponible. *Il* sait tout. *Il* dit toujours la vérité. *Il* dit et c'est ainsi. *Il* est peut-être Dieu. *Il* est devenu l'île, qu'on montre du doigt, mais où on ne va jamais. *Il* n'a pas de prénom. S'*Il* se mêle du bruit, alors nous sommes foutus. On ne peut pas vraiment démentir les propos de *Il*. On ne peut pas vraiment dire que ce qu'*Il* dit est n'importe quoi car, de toute façon, *Il* n'existe pas.

Il était tard. Le jour et ses lumières avaient pris le jardin et s'insinuaient entre les lames en bois des volets de la chambre. Le jour avait, pour plus fidèles ennemies, ces massives couettes de coton si épaisses qu'elles ne laissent rien passer, sous lesquelles je m'étais réfugié. Rien, ni le vent ni le froid, ni même le souffle de celui qui s'y embusque croyant tromper le jour. Rien sauf la voix d'une mère.

– Allez, lève-toi, on va au Mellah aujourd'hui, me dit-elle debout à la porte entrouverte.

Ma grand-mère au salon passait la serpillière, ondulant ses bras vaillants, sur les derniers carreaux blancs encore secs. Je la regardais resserrer ses pieds nus dessus, comme prise au piège par la marée montante sur un petit îlot de sable encore flottant. Elle s'était levée tôt. Les cygnes de cristal comme les fruits de verre soufflé rutilaient sur les meubles. Le bois des armoires luisait de ce vernis d'eau qu'elle avait épandu. Et, tout autour de nous, exhalait ce parfum artificiel de citron qu'elle avait déversé dans le petit seau blanc où elle venait tremper la tignasse grise de sa grande serpillière.

– C'est propre, *yak* ? me dit-elle satisfaite, contemplant tout autour son ouvrage accompli.

J'acquiesçai avant qu'elle n'enjambe, d'une surprenante légèreté, le carrelage mouillé et n'ouvre là les portes du balcon. Pour accueillir bien volontiers son équipier le vent, avais-je pensé, et qu'alors il mette la dernière main à cette œuvre de propreté et sèche tout le carrelage humide. Mais non, il y avait autre chose. Elle s'arrêta aux portes du balcon et posa devant elle un marchepied d'enfant en plastique. L'un après l'autre, ses deux pieds nus vinrent s'y joindre, attentivement, comme ceux d'une nageuse prête à faire le grand saut. Je la regardais, camus, à quelques mètres d'elle. Lentement, elle leva les bras et les tendit au ciel, laissant les manches de sa gandoura tomber sur ses épaules. Les mains ouvertes, elle salua le ciel pour en attirer les faveurs. Le visage relevé, elle amena les paumes de ses mains à ses yeux, avant de les faire doucement glisser sur sa bouche et d'y poser le bruit verbeux d'un baiser qu'elle tendit au ciel à nouveau. Tout, autour d'elle, semblait avoir disparu. En équilibre sur son petit promontoire, elle avait effacé les fenêtres des immeubles d'en face, l'avenue embouteillée, le Guéliz tout entier. Et je la regardais, sur son marchepied de plastique, tendre les mains à Dieu, de quelques centimètres ce matin plus près d'elle. Quand alors elle fut sûre qu'il l'avait aperçue, elle, la femme à la gandoura rouge noyée dans la lumière du jour, elle se mit à prier.

Je Te rends grâce, ô Monseigneur, Roi du monde, de m'avoir rendu mon âme aux aurores.

Elle se baissa avec prudence sur le petit marchepied, pinça sa gandoura et la remonta, à gauche, à droite, en toute synchronie jusqu'à ses genoux, et par un geste sec la secoua deux fois, avant de la laisser retomber à ses pieds. Ce fut alors qu'elle récita, à voix basse, quelque inaudible prière rythmée successivement par la survenue de nos prénoms à tous. De ses quatre enfants. Charly. Annie. Michel. Sabrina. Et les nôtres, à nous, les enfants de ses quatre enfants. Un prénom, un murmure, un baiser. *Amen.* L'un après l'autre, ses pieds quittèrent le marchepied, qu'elle déposa contre le mur. Puis elle vint s'asseoir près de moi, autour de la petite table à pied du salon. Elle n'avait pas été dérangée par ma présence ni par ma curiosité. Elle me confia qu'elle priait chaque matin. Pour nous surtout, qui avions tout à espérer recevoir du Ciel. Et pour elle, seulement, qu'Il l'aide à faire cesser ce bruit.

Depuis le trottoir, au pied de l'immeuble, nous faisions des signes aux taxis qui descendaient l'avenue. Sans succès, pour l'heure. Alors, cueillie par l'impatience, ma grand-mère s'établit au milieu de la route, résolue à arrêter une de ces voitures qui roulaient à toute vapeur et klaxonnaient en la voyant pour lui dire de s'écarter. Nous lui criâmes de revenir, mais elle continuait de s'avancer sur la grande route, ignorant nos appels, essuyant l'indifférence des chauffeurs de taxi et des cochers de calèches. Nous regardions voler sa gandoura rouge en travers de l'avenue, comme une flamme éprouvée par le vent. Prise au désordre de ses gestes hallucinés, de ses éclats de voix, elle semblait s'acharner sans peur à maîtriser la ruée, le tumulte abyssal des moteurs, l'épaisse fumée noire, les abois de cent hommes. Torrentielle sur son estrade, elle devenait le maestro de cet innommable chaos par lequel s'était éveillé le feu de l'âme des hommes. Dans la mer silencieuse, elle s'est formée comme le maelström du Guéliz, vers lequel tous sont entraînés et luttent pour rester à flot de l'eau tempétueuse. Rien, semblait-il, ne l'aurait arrêtée. Elle, le prophète aux mains baignées de lumière, tombé de l'échelle de Jacob, arraché au sommeil éternel par la foudre. Dieu avait, dans un songe, murmuré au creux de son oreille quelques paroles à rendre aux hommes. Mais les hommes ne l'écoutaient pas et continuaient d'aller. Elle criait à leur aveuglement. Il fallait qu'ils s'arrêtent. Il fallait qu'ils entendent, comme s'ils avaient emprunté, des millénaires durant, la mauvaise route. Il fallait rebrousser chemin, sans attendre. Il n'y avait rien là-bas qui vaille la peine d'être rejoint. Il fallait qu'ils écoutent le Ciel rendre ses paroles par la bouche de Paulette.

Au milieu de la route, miraculeusement un homme finit par entendre l'appel de ma grand-mère. Près d'elle, il s'arrêta. Enfoncé dans son siège, il baissa sa vitre par de lents tours de manivelle. Ma grand-mère parlait. L'homme acquiesçait. Ils gagnaient tous deux une folle parenthèse d'insouciance, indifférents aux klaxons des dizaines de taxis dont ils avaient forcé l'arrêt. L'intuition poussait à croire, à cet instant, que cet homme plutôt que tous les autres avait été placé sur notre route par un élan du monde, que nous ignorions encore. Quand ils eurent fini de parler, ma grand-mère nous appela. Nous montâmes, ma mère et moi à l'arrière. Ma grand-mère à l'avant. Sur l'avenue, nous fîmes demi-tour. Nous partîmes, au contentement de tous ceux qui reprenaient le sillon d'une mer apaisée. De mes voyages à Marrakech, enfant, je n'avais gardé que très peu de souvenirs du Mellah, ce quartier de la vieille ville. Je n'avais connu que le Guéliz, où mes grands-parents habitaient déjà à ma naissance, par-delà les murs fortifiés de la médina. Mais il arrivait parfois que ma grand-mère se rende au Mellah pour y acheter des légumes, des épices, et à l'occasion pour se recueillir au Miaara, le cimetière juif du vieux quartier, sur la tombe de nos proches défunts. Ma mère voulait y pèleriner. C'était, après le bruit bien sûr, l'autre raison de ce voyage au Maroc, qu'elle m'avait annoncée avant notre départ. Peu lui importaient les longues marches sur les sentiers et les visites des endroits pris d'assaut par les foules, les grands tours en calèche, les marchés aux épices, les étals des tanneurs, les jets de poudre aux yeux, tout ça comptait bien peu. Elle était venue au Maroc, pèlerine sur les traces des aïeuls et des saints juifs inhumés, pour visiter les morts. Nous commencions par le Miaara. Dimanche, nous poursuivrions cette tâche en empruntant les routes dépeuplées et brûlées du Haut Atlas, jusqu'à la vallée de l'Ourika. Il n'y avait pour elle de chose plus importante, de devoir plus intime et valable que ce grand pèlerinage. C'était pour elle d'autant plus vrai que son fils était là, pour voir et comprendre, et récolter le précieux legs de ces lieux de mémoire, de ces traditions centenaires, avant qu'elles ne s'effacent, ensevelies par les mains de l'oubli.

Des pèlerins. C'est là ce que nous sommes pour ce

pays, habité par la vie. Depuis que nous nous connaissons. C'est ce que nous avons toujours été. Des générations entières, derrière moi, ont chéri cette identité-là et ce besoin d'errance. Quand nous retrouvons ce pays, c'est pour le traverser. Le repos nous effraie. Depuis que je suis né, on pèlerine. On va sur les grandes routes. On va par le désert. On va trouver les saints. On pèlerine, parce que c'est un devoir. Parce qu'une humilité nous dit de ne pas prétendre que cette terre est la nôtre, d'y rester étrangers. Elle n'est que le lieu du passage. Nous avons appris à ne pas nous y attacher. À ne surtout pas l'aimer, pour déjouer la peine. Pour accepter un instant notre fragilité. Nous avons appris à aller, pour demeurer entiers. Ainsi s'est logée dans les cœurs d'une famille tout entière la certitude d'une fin à venir. Nous sommes certains de disparaître, si nous nous arrêtons. Si nous aimons. Alors il ne faut pas. Il faut continuer. Il faut marcher, et pèleriner. Pèleriner tout ce qu'on peut, pèleriner à travers le Maroc tout entier. Comme si, finalement, c'était lui ou nous. Comme si nous avions choisi que ce serait lui. Comme si nous savions que la fin était proche. Qu'il nous quitterait bientôt.

Cette fin, nous l'avons amenée. Un jour nous avons cessé d'y naître. Moi, je n'y suis pas né. Je ne suis pas un pèlerin sur cette terre. Je ne peux que l'aimer, sans jamais la connaître. Je ne suis que le témoin d'une fin vertigineuse. D'une fin irrévocable, d'une fin sans début. Car si les fins toujours amènent d'autres débuts, celle-là n'amène rien. Elle est la dernière fin. Le Maroc traversé se dérobe sous nos pieds, pour toujours. Je regarde, impuissant. Incapable de retenir ses dalles, qui tombent les unes après les autres dans les fonds de l'oubli. Il n'y a, pour consoler le deuil, qu'une croyance incertaine, qu'une seule échappatoire. Celle qui promet que cette fin-là est nécessaire. Que tout est pour le mieux.

– Alors, hier vous avez entendu là-haut ? demanda ma grand-mère.

– *Makayn walou*, maman, répondit ma mère.

Elle me regarda pour que j'approuve, et je hochai la tête avant de lui attraper discrètement le bras pour qu'elle traduise alors ce qu'elle venait de dire.

– *Makayn walou*, rien du tout, murmura-t-elle.

« Là-haut », répétait ma grand-mère. Le bruit venait de là-haut. De cette immensité-là venait le bruit. De là-haut. De tout ce qui siégeait au-dessus de nos têtes, de tout ce qui nous dépassait. Le bruit nous dépassait. Mais nous pouvions, nous aussi, aller là-haut, prétendait ma mère. Et tout cela nous semblait chose facile. Loger nos pieds dans des babouches, monter chez les voisins, y trouver là la mystérieuse source du bruit et la tarir à l'aide d'un grand seau.

– Non, tu ne peux pas, reprit ma grand-mère. Tu ne comprends pas.

Il ne suffisait pas de monter et de croire que nos efforts justement déployés pouvaient chasser le bruit. C'était bien plus que des marches qui auraient eu raison de notre volonté. Ma grand-mère l'affirmait, d'un air résigné. Il était même impossible, aurait-on dit en l'écoutant, de monter si haut où le bruit se logeait. À dire vrai, il semblait que nous ne désignions pas le même lieu. Et que cet endroit que nous croyions, ma mère et moi, accessible ne l'était pas. Ma mère crut bon d'évoquer la possibilité pour ma grand-mère de fuir. De partir, loin du bruit. De déménager, de quitter cet endroit, de ne jamais revenir. Cela ne changerait rien, insistait ma grand-mère. Le bruit la suivrait, partout où elle trouverait bon de s'établir loin de lui. Cela nous semblait à nous insensé de croire qu'un bruit établi au-dessus de sa chambre pouvait ainsi décider de la poursuivre où qu'elle aille. Mais immanquablement, il n'y avait dans l'éventualité d'un déménagement qu'une idée sans effet. C'était ici, dans cet ancien puits de lumière, scellé maintenant, que la coiffeuse et le tailleur s'étaient aimés, ici qu'ils avaient vu leurs enfants grandir avant de partir à leur tour. Cette maison, c'était tout ce qu'elle avait. Tout ce qui lui restait fidèle, tout ce qui ne pouvait pas partir, avant elle maintenant, par la force des choses était là. Il n'y avait, il n'y aurait pas la moindre petite chance que ma grand-mère s'en délaisse. Je commençais à croire que nous avions admis à tort les voisins dans la narration de cet inextricable. Si ma grand-mère ne les nommait pas, peut-être n'avaient-ils somme toute aucun rôle, aucune responsabilité dans notre intrigue. Ils étaient tout près, *là-haut* était très éloigné de nous. Et lorsque ma grand-mère désignait cet espace incertain, la componction habillait son visage. *Là-haut* était un lieu que nous ne pouvions atteindre. Se pouvait-il que Dieu eût déplacé sa baignoire ? N'ayant pas assez de force pour la porter, Il l'aurait alors traînée sur le sol et sa maladresse aurait creusé un petit trou dans son parquet. La perspective fantasque savait expliquer pourquoi le bruit, tombé dans les oreilles de ma grand-mère, ressemblait aux complaintes des défunts. La faille céleste s'était formée et ouverte au plafond sous l'aspect d'un minuscule trou, pareil au judas d'une porte, par lequel les voix des âmes là-haut passaient et se faisaient entendre, en bas.

Le chauffeur nous déposa au rond-point, tout en bas de l'avenue Al-Fatouaki. Nous étions aux portes du Mellah. Il ne pouvait aller plus loin. Les ruelles du vieux quartier étaient impraticables en voiture. Nous le traverserions à pied, jusqu'au Miaara. Mais le taxi reviendrait nous chercher là, dans trois heures. Trois bonnes heures, avait précisé ma mère.

Sur la place des Ferblantiers, les négociants s'étaient abandonnés à une sieste partagée. Sous les bannes de toile de leurs petits bazars, ils glissaient lentement, les bras ballants, sur leurs chaises de plastique. Ils avaient cédé, si tôt fût-il, au repos car l'ennui ne leur laissait guère d'autre choix. Les groupes de touristes manquaient à l'appel. Les quelques voyageurs seulement qui s'étaient aventurés jusque-là passaient à distance mesurée le long des ateliers. Ils se conformaient au thème de ce moment sacré et silencieux. Ils circulaient, contemplaient, sans s'arrêter, les étalages de lampes de fer-blanc, marchant sur la pointe des pieds pour ne pas réveiller les dormeurs. Le tempo collectif était donné par un insermenté, travailleur réfractaire dans l'un des ateliers, mais nous ne savions lequel. Nous l'entendions battre la mesure et le fer d'une main fatiguée sur la place tout entière. De petits coups de marteau écrasés lentement, comme berceuse pour les négociants endormis et les cigognes nichées sur les toits des immeubles. Ma grand-mère marchait péniblement. Son dos lui faisait mal. Nous nous étions assis un instant, pour la soulager, sur les margelles érodées du bassin au milieu de la place. La sécheresse de Marrakech y avait étanché sa soif, ne laissant en retour que de grandes traînées blanches sur la mosaïque posée au fond du bassin. Autour de nous, les façades d'argile des immeubles, en mue comme la peau d'un serpent, étaient rongées et laissaient voir par endroits des croûtes de pierre plus claire. Les grandes traces blanches s'étendaient sur les murs de la place, donnant à l'ocre l'allure de la rouille.

Une voiture s'arrêta sur le rond-point, à l'endroit même où le chauffeur nous avait déposés. À l'arrière, une femme baissa sa vitre et se mit à crier vers nous, envoyant au sursaut le repos de tous les négociants.

– Paulette ! Paulette ! cria-t-elle, adressant à ma grand-mère de grands gestes enthousiasmés. Comment ça va, Paulette ? s'époumona-t-elle.

Ma grand-mère resta assise, avança le regard pour

distinguer de là où nous étions le visage de la femme, et se mit à crier à son tour.

– Ça va, merci !

– Grâce à Dieu ! cria la femme.

La voiture redémarra. Le visage gâté par la joie, la femme nous suivit du regard un moment. Ma grand-mère défaussa sans tarder son sourire excessivement tiré et se tourna vers nous, embarrassée.

– *Shkoun ada ?* Qui c'était ? demanda-t-elle.

Sous nos éclats de rire, ma grand-mère s'était mise à chercher sans succès dans son répertoire de souvenirs le nom de cette femme dont elle n'était pas parvenue à remettre le visage. Elle oubliait un petit peu les visages, ma grand-mère. Comme elle, nous pensions que ce n'était pas l'âge. Car elle avait meilleure mémoire que nous. Elle se rappelait tout. Elle pouvait retranscrire près d'un siècle d'existence et d'appartenance à la vie, narrant sans texte à l'appui chaque infime nuance des mouvements du monde auxquels elle avait assisté. Elle était l'archiviste, la bibliothécaire de notre passé. Elle peinait seulement à reconnaître les hommes et les femmes qui foulaient cette terre. Pas les autres, pas celles et ceux qui l'avaient déjà quittée. Pas les morts et les disparus. Ceux-là, une partie d'elle était partie avec eux, sur la barque de bois du grand fleuve noir pour atteindre les havres du repos. Depuis l'autre rive, elle plissait ses yeux fatigués, contemplant le lointain présent devenu l'étranger peuplé par les vivants. Sur la margelle de la fontaine, elle ouvrit la fermeture éclair du portefeuille en cuir écaillé entourant son poignet et y prit son grigri, le petit mouchoir froissé qu'elle se remit à triturer. Il semblait qu'à chaque fois que quelque chose lui échappait, qu'elle était contrariée, elle trouvait dans ce bout de papier froissé un refuge à sa contrariété. Comme une poupée vaudoue qu'elle se serait plu à tourmenter, en y enfonçant ses ongles, en lui tordant le cou, pour envoyer sa propre frustration sur les roses.

– Alors, on y va, maman ? lui demanda ma mère.

– *Yallah*, moi je vous attendais.

Discrètement, nous quittâmes la place des Ferblantiers, sans entamer la tranquillité de ses marchands rendormis. Nous entrâmes dans le Mellah, appelés à passer sous ses portes voûtées. Ce matin-là, les étroites ruelles de pierre du vieux quartier étaient désertes. Sur leur pavé s'amoncelaient les gravats démis des chaussées et des immeubles en ruine. Au-dessus de nos têtes, des toits faits de branches sèches et de câbles entremêlés empêchaient les lueurs du jour de tomber sur le vieux quartier juif. Un voile d'ombre intraversable s'est posé partout ici-bas. Il est le dernier rempart du ghetto, refusant le jour, la nuit, le temps et son heurt impatient qui ferait tomber, sans ces toits de fortune, les façades du Mellah. Nous marchions, ma grand-mère et moi, bras dessus, bras dessous. Ma mère, quelques mètres derrière nous. Entre les murs ravinés du Mellah, je sentais naître en moi un étrange sentiment.

Nous ne sommes pas où nous croyons être. Nous ne sommes pas au Mellah. Pas dans le vieux quartier juif.

Car il n'y a pas de juifs. Il n'y en a aucun. Aucun pour apparaître, au détour d'une ruelle, et disparaître aussitôt dans un autre repli. Aucun père pour marcher, hâtif, appelé à la prière, la main prévenante sur le chapeau moiré, et l'habit en désordre. Ni aucun père pour marcher derrière lui, inquiet de manquer un pavé, et crier au monde entier de ralentir. Aucune mère pour saluer la mienne. Aucune mère derrière elle pour nous rassurer tous. Aucun signe du juif. Nous sommes seuls. Il n'y a que le trouble. Et le vert sentiment qui dit que les croyances sont fausses. Que tout est un mensonge. Un mensonge que j'ai créé. Il n'y a pas de vestiges du vieux quartier juif. Il n'y a que des vestiges qui ne sont plus les nôtres. Et je suis, de nous trois, le seul à le découvrir.

– Combien y a-t-il de juifs au Mellah ? demandai-je.

– Au Mellah, *mchikpara*, tous les juifs sont partis, répondit ma grand-mère.

Je regardai ma mère, circonspect, certain qu'elle y trouverait à redire.

– C'est vrai, avant nous étions des milliers de familles, dit-elle. Maintenant, il n'y a plus personne. Ils sont tous partis à la fin des années 1960.

Voyant que je m'ouvrais à une vérité qui renversait alors toute l'idée creuse et sans fondement que je m'étais faite seul, que ma fabrique de vrai s'anéantissait, aveu après aveu, ma mère trouva bon de m'aider à comprendre. Avant, dit-elle, les juifs vivaient ici en paix, et faisaient le commerce du sel des mines du Haut Atlas et des étoffes.

– Et des pierres précieuses, compléta ma grand-mère.

Quand l'exorde des conflits israélo-arabes fut donné, quand les ombres de la guerre s'étendirent au Maroc, alors presque tous les juifs de Marrakech quittèrent le pays, et le Mellah avec. Pour la plupart, les populations migrèrent vers Israël, les États-Unis, le Canada ou la France, laissant leurs maisons et leurs commerces à l'abandon et aux mains de l'oubli. Des centaines de milliers de juifs partirent.

– Ici, ils ont rebaptisé le Mellah *Hay Salam*, dit ma mère. Mais en 2017, Sa Majesté le roi a demandé qu'on le rebaptise *Mellah* et qu'on le réhabilite.

Ce n'était pas anodin. *Mellah* venait de *Milah* en hébreu, désignant l'acte de la circoncision, par lequel les garçons nouveau-nés accueillent dans leur chair l'immortelle empreinte de leur alliance à Dieu. Au Maroc, l'Alliance qui ne savait être effacée ressurgissait de son passé lointain. *Mellah* succédait à *Hay Salam*. L'« Alliance avec Dieu », encore, a succédé à la « Paix des hommes », grâce au roi du Maroc. Pourtant Dieu n'a pas rappelé les juifs aux vestiges restaurés.

Il n'y a rien. Il n'y a qu'une voix qui murmure, se désole de tomber dans le vide, et se tourmente de voir que, malgré la Paix, l'Alliance, la restauration, le renouveau certain, ils ont tous disparu. Je n'ai pas vécu longtemps. Assez longtemps, pourtant, pour croire que le Maroc était peuplé de juifs. D'où je tiens cette croyance, je ne sais pas. Peut-être de l'enfance. Car pour l'enfant le monde est petit. Si petit que tous ceux qui y vivent se ressemblent, car il n'y a pas de place pour être différent. Je la tiens de moi, c'est certain. De moi, peut-être de la peur et du refus de croire que ma grand-mère est seule. Je n'ai pas vécu longtemps. Assez longtemps, pourtant, pour voir que le faux se complaît, et que le monde est grand. Si grand que le juif est parti, et n'est jamais revenu.

Au terme des ruelles désertes, nous avions fini par rejoindre une des rues marchandes du Mellah. La vie reparaissait, soudainement. Avec elle, les voix chantantes de négociants assis devant les immeubles entre lesquels nous allions. C'était jour de marché. Les hommes et les femmes du Mellah avaient installé, à leurs pieds, des draps et des bâches de plastique sur lesquels la marchandise s'étalait. Ma grand-mère déroula son bras du mien et se pencha sur le drap d'un marchand qui vendait des fruits et des légumes. L'homme lui tendit un sac, dans lequel elle mit par grandes poignées des courgettes et des oranges. La pesée se fit à la main. Le sac débordait, mais elle ne se priva pas, après avoir payé, d'y ajouter quelques oranges qui avaient roulé sur la chaussée jusqu'à ses pieds. Elle vint ensuite à trois femmes assises derrière des cagettes de plastique remplies de petits poissons et leur demanda de la servir. Les femmes empoignèrent par dizaines les petits poissons aux écailles moirées et les mirent dans un sac, que ma grand-mère me tendit. Nous repartîmes les bras chargés sur la route du cimetière, pour arriver à l'angle de l'avenue principale du Mellah.

Sortis de nulle part, un groupe d'enfants électrisés par la vue de nos visages étrangers, affublés de vêtements déchirés, pieds nus, nous arrêta. L'un d'eux, un petit garçon âgé de sept ans tout au plus, m'agrippa le bras.

– *Shalom Jacob !* me lança-t-il, un peu taquin.

Je ris. Rien ne laissait croire que j'étais juif. Aucun signe, pas d'étoile en pendentif, je ne portais pas la kippa. Mais je le vis, il eût parié que je l'étais, presque plus certain que moi de ma judéité. Il s'était adressé à moi en hébreu. Pas en arabe. Avant nous, il avait vu des juifs. Les juifs nous ressemblaient. Alors nous étions juifs, c'était clair comme le jour. Mais pas n'importe quels juifs. Des israélites, pas des Arabes. Des touristes, nouvellement arrivés au Maroc depuis Jérusalem ou toute autre ville du lointain pays des juifs, là où tous vivent depuis toujours dans son imaginaire. Tandis que ses amis tendaient leurs mains, le regard attendri, pour qu'on y dépose quelques pièces, une petite fille se détacha du groupe, prit la main de ma mère comme pour la remorquer et l'attirer quelques mètres plus loin.

– Synagogue, synagogue, viens, madame, lui dit-elle.

Ma mère resta immobile, laissant la petite fille forcer le pas à contre-courant, jusqu'à ce qu'elle renonce hors d'haleine à tirer le corps immobile de ma mère plus longtemps. Quand soudain, pour faire entendre au petit groupe d'enfants que nous n'étions pas là en touristes, ma mère se mit à parler arabe. Aussitôt tous se figèrent. La stupeur remplaça la joie criante, sur leurs visages à tous. Les mains tendues cédèrent. Le petit garçon qui m'avait agrippé dès l'abord lâcha prise. Tous nous regardaient, bouche bée, submergés par un vaste et caverneux sentiment d'incompréhension. Ils avaient distingué là, dans la voix de ma mère, l'accent d'une *Marrakchie*. Nous n'étions pas des pèlerins du lointain pays des juifs. Alors qu'étions-nous ? Que pouvions-nous être ? Ils nous découvraient nous, qui n'avions jamais existé avant cette première rencontre, les juifs ignorés du Maroc. Personne ne leur avait dit avant nous. Leurs pères, leurs mères, leurs grands-parents ne leur avaient rien dit. Ils vivaient dans le vieux quartier juif, qui leur appartenait maintenant, sans savoir. Ce qu'il restait de juif au Mellah, le cimetière et la vieille synagogue n'étaient que de hasardeux séjours, édifiés là plutôt qu'ailleurs mais sans raison, où les juifs d'Israël avaient loisir d'aller quand ils venaient à Marrakech. Derrière l'ignorance, la tendre et vénielle ignorance, se cachait autre chose. Une chose plus amère, l'inexprimable sentiment d'une fin. Les juifs n'existaient plus au Mellah. Ni dans les rues ni dans les esprits de ceux qui l'habitaient désormais. Ceux-ci n'y étaient pour rien, ce n'étaient que des enfants. Mais s'ils ne savaient pas, eux, des enfants foulant la même terre, que les juifs avaient fui, alors c'était fini. Que leur avions-nous laissé ? Silencieux, ils s'éloignèrent dans les ruelles étroites du Mellah. À l'arrière du groupe, le petit garçon se tourna, me versant à deux fois des regards qui disaient encore son trouble.

Nous reprîmes notre chemin, empruntant la Grande-Rue, l'artère principale. Jusque-là nous avions traversé une réalité que personne ne s'essayait à camoufler. Si les couloirs du vieux quartier hébergeaient la misère, cette rue, loin de toutes celles qui la précédaient, s'étendait dans un calme et une propreté invraisemblables dès l'abord. Il me semblait, à moi, que nous étions ailleurs, à des kilomètres du Mellah. Entre les façades ravalées, devant les présentoirs soignés, les jeunes négociants se dressaient, droits, les mains gracieusement appairées dans le dos. Pas un bruit. Pas de mendicité. Pas le moindre petit éclat de voix proféré par l'homme malavisé qui s'oublierait à louer la douceur de ses nèfles. Mais des éventaires de fruits parfaitement agencés, noyés sous une lumière vermeille, des monticules coniques d'épices, tous à même hauteur, formant une palette d'or, de cinabre et de terre, jaillissant du haut de paniers en osier. Et nous passions, comme entre les cordons de cette haie d'honneur, sur la chaussée au pavé régulier. C'était cette rue, devant toutes les autres, qui avait été entièrement restaurée à la décision de Sa Majesté le roi, pour rendre le Mellah à sa splendeur et à ses droits, minés par le temps et le dépérissement. Le portrait royal encadré ici et là, sur les façades entre les boutiques, le rappelait partout.

Tout au bout de la rue, nous apercevions déjà la grande porte de fer du Miaara. Alors que nous passions devant les derniers étalages, ma grand-mère s'arrêta et lâcha mon bras. Ma mère et moi, nous la regardions désigner à quelques mètres d'elle un petit endroit sur la chaussée, qu'elle essayait de délimiter en formant dans le vide un carré avec son index.

– Ici, c'était la boîte. Annie, tu te rappelles, *yak* ?

Ma mère hocha la tête. Elle ne se rappelait pas, et soupçonna un instant que la longue marche avait quelque peu mis en désordre les pensées de ma grand-mère.

– Si, la boîte. Tu étais trop petite. Tu ne te rappelles pas. À l'époque, les juifs avaient fabriqué une très grande boîte en bois, qu'ils avaient mise ici, sur la chaussée, dit-elle en mimant, les bras grands ouverts, la taille de cette boîte.

– Pour quoi faire ? demandai-je.

– Tous ceux qui quittaient le Mellah, ils mettaient des choses dans la grande boîte en bois. Des vêtements. Quand on en voyait un, on disait : « Celui-là, il fait la boîte. » Ça voulait dire : « Celui-là, ça y est, il va partir en Israël. »

Nous avions marqué l'arrêt là, sur ce bout de chaussée vide, sous les yeux intrigués des marchands. Nous les avions oubliés un instant. Nous étions cinquante ans en arrière, un jour en noir et blanc, imaginant ici et là des dizaines de familles juives, éplorées par l'appel de l'exil, les bras chargés d'affaires, traversant la grande route pour rejoindre cette boîte. Et nous les regardions la remplir à ras bord. Sans espoir de les retrouver au terme du voyage, mais soucieux de partager cet instant de douleur qu'aucun ne voulait vivre seul. Seuls les enfants s'en amusaient, priant les parents de les laisser à leur tour faire voler les vêtements, sans comprendre. Après quoi tous attendaient, devant cette grande poudrière de souvenirs, adjurant le Ciel en silence de les aider à trouver en eux le courage d'abandonner leur maison, de déserter ces rues, de faire le grand voyage et croire en la promesse d'un monde meilleur pour eux, en Terre promise. De revenir un jour, peut-être.

– Maman ? dit ma mère.

Ma grand-mère avait le regard vide, tenu captif dans la réminiscence. Un sourire s'était esquissé sur son visage devant cette grande fresque du passé que son esprit recomposait, fragment par fragment. Une nostalgie grisante s'était emparée d'elle. Elle était immobile. Elle semblait heureuse. Un instant, l'idée de la laisser ici me traversa l'esprit. J'ai pensé que nous ne devions pas l'enlever aux mains de cette joie. Elle retrouvait quelque chose. Elle les retrouvait tous. Tous ceux qu'elle avait connus. Tous ceux qui avaient fui. Elle les regardait fuir, incapable de les retenir. De ce moment se manifestait la peine accablante. Mais ma grand-mère figeait sur ses lèvres ce sourire plus fort que la douleur. Car un instant, ils sont tous là. Ils sont tous bien présents. Tous les juifs du Maroc. Tous ces visages familiers. Peu importe ce qui les réunit, peu importe le temps qui les garde ici-bas, peu importe la fuite. Tous ces corps fourmillent, animés par la vie, autour de ma grand-mère. Elle attend, regarde, debout parmi les foules. Ses yeux s'accrochent aux visages familiers. Elle pourrait crier, les prier de rester, les convaincre. Elle pourrait prendre leurs mains, les serrer dans ses bras. Une dernière fois. Mais non, elle ne dit rien. Elle sait qu'ils partiront. Alors elle s'émeut de leur présence à eux. Elle saisit toutes les images que cette vision trouve bon de lui céder, avant de la remettre aux mains de sa solitude, de la rendre au présent.

Ma grand-mère est restée. Quand tout le monde est parti, elle est restée. Quand tout poussait au départ. Sa fille ne sait pas dire pourquoi, car il n'y avait alors pas de raison de rester. Il n'y en a pas plus aujourd'hui. Il est plus facile de croire que tout a une raison. Pour moi, de croire qu'elle avait manqué l'appel du grand exode. Que la dernière embarcation était partie sans elle. Qu'elle n'avait pas trouvé la force nécessaire de faire le long voyage. Que le temps s'était donné une vie de plus, la sienne, avant de s'ouvrir à la fin. Que Dieu l'avait laissée là, au cas où, ne sachant pas ce jour-là si cette Terre promise tiendrait toutes ses promesses. Les années ont passé depuis, et chaque matin qui se lève avec elle reste une main tendue. Une promesse renouvelée. Une chance de partir. Car ici rien n'a changé depuis. Les vestiges sont restés des vestiges. Et les rues restent vides, et les visages s'effacent. Le monde s'est mis en mouvement par une promesse. Ailleurs, a-t-on promis, tout est prospère. Ailleurs les fleuves s'emplissent de miel, de lait, et de l'espoir de ceux qui ne veulent plus rester. Ailleurs, la Terre se promet à ceux-là. Mais ici, ma grand-mère s'est promise à la Terre. Au berceau qui l'a fait naître, elle a promis de s'accrocher à la fin. De la vivre. De ne pas y échapper. De vivre dans ses bras, et d'y mourir aussi.

– Allez, dit-elle, reprenant ses esprits.

– Viens, maman, on va acheter des bougies, lui dit ma mère.

Nous nous étions avancés vers le dernier stand de l'avenue, avant le cimetière. Un petit bric-à-brac, imbriqué dans le mur de l'immeuble, comme une galerie, étroite mais profonde, creusée dans la façade. Son hôte qui circulait entre les rayonnages vint jusqu'à nous quand il nous vit. C'était un tout petit homme, aussi à mesure qu'il s'approchait de nous se dérobait-il à nos yeux derrière son présentoir. Nous ne le voyions plus, mais nous l'entendions faire du remue-ménage derrière son présentoir, avant qu'il ne ressurgisse, comme une taupe de son trou, sur un haut tabouret. Tout au fond du Mellah, c'était un emplacement étrange pour sa petite épicerie. En vérité, je m'imaginais mal les habitants du vieux quartier venir jusque-là pour acheter sa marchandise. Il ne devait avoir pour clients que les visiteurs du cimetière, qui devaient acheter, comme nous le faisions là, les ingrédients d'un pèlerinage. C'était lui tout compte fait le petit vendeur d'offrandes du Mellah. Nous lui avons acheté deux fagots de bougies blanches, une grande bouteille d'eau pour laver les tombes, un briquet à pierre, et un pain rond de seigle pour ma grand-mère qui commençait à avoir un petit creux après notre longue marche.

Quelques pas, nous y sommes.

Éternelle épigraphe surmonte les grandes portes de fer.

חי מוצד בית

Maison du temps vivant.

Nous entrons.

La porte de fer du Miaara s'oublia derrière nous, forte comme l'orage. Nous avions attiré l'attention d'un homme, le gardien du cimetière. Il était sorti de sa loge pour venir à notre rencontre. Il s'approcha, et par une brève mais tendre étreinte salua ma grand-mère. Il ne remettait pas nos visages, à ma mère et à moi, mais il avait, sur l'instant, compris qui nous étions et empoigna tour à tour nos bras d'égales tendresse et brièveté. Comme la grisaille du jour aveuglait les regards, il nous invita à trouver refuge sous l'appentis de sa loge. C'était un homme de soixante ans peut-être, au teint bruni, couronné d'un turban jaune safran. Sous l'œil perçant s'étendait le cerne d'un noir fauve, jusqu'à la joue ridée. Toute la peau de son visage traçait ainsi de petites cannelures, pareilles aux bras d'une rivière tarie. Les jours chauds s'étaient abreuvés au visage de cet homme. Miraculées, trois dents se mettaient en quatre chaque fois que sa langue les effleurait, pour parfaire cet indélogeable sourire qui portait chacun de ses mots. Il se trouvait bienheureux de notre passage au Miaara. Il n'avait cure des soupirs de ma grand-mère. Non, il allait et venait pour la couvrir d'étreintes, pressé par la joie que ses plaintes ne pouvaient ternir. Je le trouvais, dans sa salopette bleue aux jambes retroussées parce que trop grande pour lui, fait d'une infrangible bonhomie. Mais il semblait, le gardien du Miaara, fatigué de veiller sur les morts. Et sur les siens aussi. Sa petite-fille, son fils et sa femme, craintifs, se rendirent au jour tour à tour par l'entrebâillement de la porte de la loge, et se rallièrent à lui. Ils nous saluèrent, sans dire mot, effacés. Le père ordonna à son fils de prendre nos sacs de marché et de rapporter les clefs des caveaux des saints. Je gardai seulement dans mes mains les fagots de bougies, la grande bouteille d'eau et le briquet à pierre. Le fils me tendit un trousseau et me fit signe de me servir sur la petite table devant la loge. Il y avait, disposée là, une pile de livres de prières aux reliures abîmées, dont les pages tombées avaient été remises en sous-main à leur place. À côté des livres, des kippas imbriquées les unes aux autres formaient un petit mille-feuille versicolore. J'en pris une. Nous remerciâmes le gardien et sa famille pour l'accueil, et nous partîmes, empruntant le petit chemin de glèbe qui menait au cimetière.

Petit à petit, les couleurs de l'argile se clarifiaient, et sous nos pas s'affirmait la calleuse blancheur d'une terre sèche. Les chaussures sitôt couvertes de poussière et de sable, nous entrions dans l'immense étendue de ce champ du repos.

Le Miaara s'est lié au silence dans la vaste enceinte aux murs d'ocre. Vingt mille tombes. Autant ont poussé sur cette terre, s'érigeant comme une forêt de pierres baignées dans la pâle lumière du jour. Elles ont poussé, comme des sylves sauvages, sans ordre. Au loin, assis sur une pierre, une bêche sur l'épaule, un homme contemplait la grande steppe du Miaara. Fossoyeur à l'arrêt, priant le Ciel de lui prêter la main, et qu'alors ensemble ils ordonnent cette vaste plaine aux morts. Il n'y avait pas d'allées, de chemins sillonnés entre les vingt mille tombes. La sente d'argile avait entièrement disparu. Nous avancions tous les trois, entre de petits blocs de pierre au blanc laiteux, longs d'un mètre peut-être, uniformes, pareils à des bûches recouvertes de plâtre. Ces milliers de pierres-là s'allongeaient, comme le prélude du Miaara, pour nous autres pèlerins avant le recueillement. Leur innocente blancheur désemplissait les esprits de nos pensées écumeuses, laissait naître le vide. J'aurais fait durer cette idée-là si je n'avais vu au pied d'une de ces pierres blanches un bouquet de fleurs sèches. Je m'arrêtai et déroulai mon bras de celui de ma grand-mère. Elle continuait, sans moi, de marcher.

– Mamie, c'est quoi ces pierres ? demandai-je.

– Des enfants, *mchikpara*. La maladie les a tous emportés. Annie ! Comment on dit ? cria-t-elle.

– Le typhus, maman.

– Oui, le typhus.

Sous ces milliers de manteaux blancs, il y avait des enfants. Des cohortes d'enfants, en première ligne de l'immense plaine aux morts. Des enfants gardés sous des pierres, où ne figuraient ni gravure ni nom. Des pierres au blanc glabre, par-dessus les ombres d'enfants anonymes, emportés par l'oubli sans retour. De ces six mille enfants, il ne restait plus rien, mais ce bouquet de fleurs leur rendait grâce à tous. Ma grand-mère, plus loin, s'arrêta. Elle se pencha, déposa sur sa paume un baiser qu'elle vint remettre sur la tombe d'un enfant. Et ce baiser leur rendit grâce à tous. J'allongeai le pas pour la rejoindre. Elle montra devant elle la tombe sur laquelle elle avait déposé un baiser.

– Là, c'est mon frère, me dit-elle. Il a cinq ans. Et ici, ma sœur. Quatre ans.

Dans l'immensité du Miaara, ma grand-mère nous frayait un chemin. Nous traversions la plaine déserte, derrière elle. Ses pas emportaient la poussière, et son corps tout entier, fatigué, oscillait sur cette terre brûlée. Par endroits, ses mains baignées de grâce caressaient, d'un élan irréfléchi, la pierre de tombes dressées sur son chemin, comme d'aimables saluts rendus aux morts ici et là. Nous pouvions la voir, la soie de solitude, se tisser sous nos yeux, épouser les contours de son corps. Et le monde se refermer sur elle. Son monde, minuscule maintenant. Il ne reste personne. Personne à qui parler. Il ne reste plus qu'elle. Depuis longtemps maintenant. Les vivants sont partis. Ils ont quitté le port de leur propre récit. Ma grand-mère a vu les derniers bateaux s'unir à l'horizon. Sur les docks de l'oubli, elle est restée. Ils ont tout emporté. Tout ce qu'ils pouvaient prendre. Ils ont laissé les morts. Ils ont laissé des murs et des morceaux de pierre. Et l'immense solitude. Elle seule est restée. Elle seule foule cette terre brûlée, sans faillir, immortelle gardienne du passé elle-même oubliée. Après son passage, les tombes que les vivants ont laissées redeviennent des bancs de pierre dont l'ordinaire s'empare. Elle seule leur donne un sens. Elle seule leur donne un nom. Il ne reste qu'un bruit. Un bruit, fabriqué peut-être, pour tromper cette solitude-là. Un bruit qui bourdonne dans ses oreilles et crie à son cœur de céder. D'arrêter. À son tour, de tout abandonner. De partir. Mais elle ne part pas. Elle poursuit, ma grand-mère, sa mission séraphique sous le regard de Dieu et nettoie d'une main fatiguée les tombes que le sable couvrira demain. Elle ne vit plus que pour prendre soin de tous ceux qui ne sont plus là. Elle vit, sans après. Il n'y a pas d'après. Il n'y a pas de raison ni d'espoir. Il n'y a que le poids du devoir qu'elle porte, sachant qu'un jour peut-être des visiteurs rescapés des ruelles du Mellah entreront sans savoir. Il n'y a que la vie sacrifiée. Magnifique, la sultane oubliée, dans l'apparat sommaire, nous entraîne dans son monde dépeuplé, entre les murs d'enceinte de son palais aux morts. Je la vois contempler l'horizon, l'Esther majestueuse, aux prises avec l'oubli, aux prises avec le bruit. Je la vois tenir bon, et promettre à son peuple parti de lutter jusqu'au dernier soupir pour mettre en échec ce complot tramé par le temps qui veut les oublier. À son passage, tous s'agenouillent. Derrière elle, je m'effondre. Je lui crierais, comme ce bruit, de renoncer au fol acharnement. De fuir, de tout abandonner. Mais sans elle, notre monde disparaît.

Trop peu de nos morts reposaient au Miaara. Les parents de ma grand-mère avaient été enterrés en Israël. Son mari mon grand-père, en France. Mais il y avait une tombe ici, sur laquelle ma grand-mère nous emmenait nous recueillir. Elle circulait, avec souplesse, entre les espaces de plus en plus étroits qui séparaient les sépultures. Elle nous parlait tout au long de sa course, versant par instants des regards en arrière, s'assurant que nous la suivions toujours. Après quelques minutes, notre ruée tourna court. Nous y étions. C'était ici. La tombe de ma grand-tante s'étendait, non comme une tombe mais un massif morceau de pierre brute sans couleur, aux fêlures et aux angles cassés. Les psaumes gravés s'y sont effacés. Le prénom de *Sim'ha*, quant à lui, a disparu. *Sim'ha*. « La joie », en hébreu. La joie est enterrée au Miaara, parmi les morts. Ma grand-mère ne dit rien. Elle posa ses bras et pencha son corps tout entier sur la pierre, pour retrouver son souffle. Je lui tendis comme elle me l'ordonna la grande bouteille, qu'elle attrapa à deux mains et versa entièrement sur la pierre par une mauvaise manœuvre. La joie endormie étancha sa soif. Nous n'avions rien pour essuyer. D'un geste ample, ma grand-mère passa sa main sur la pierre et la trempa dans cette grande nappe d'eau. Puis elle vint mouiller ses joues, ses yeux et sa nuque avec l'eau de ses mains. Elle prit dans les miennes le fagot de bougies, qu'elle dénoua, et déposa au sol une à une les chandelles, entre les soubassements de la joie et de la tombe voisine.

Sim'ha est partie. Comme tous les autres, elle ne reviendra pas. Elle est le cœur endormi du Miaara, depuis que tous ont fui. Ils ont laissé *Sim'ha*, depuis elle ne bat plus, refermée au silence. Elle est, avec ma grand-mère et ces milliers de morts, tout ce qu'il reste après le grand départ. Sous la pierre, tous ont rendu leur dernier soupir. Et l'eau de ma grand-mère ne peut les réveiller. L'écho de *Sim'ha* s'en est allé. L'écho des fêtes et du crépitement des immenses feux de joie, des rires carillonnants des enfants déguisés et des crécelles perçantes, des talons dansants, des pères désinhibés, des tambours de lumières et des cordes pincées, des youyous d'allégresse de nos mères passionnées. Quand alors le jour se mariait à la vie, quand leurs noces, croyaient-ils, jamais ne s'achèveraient. Tout ça s'en est allé. La joie s'est cristallisée dans la pierre. J'ai vu ma grand-mère parler à travers la *Sim'ha* endormie. Je l'ai vue piéger sa bouche entre ses mains, sur la pierre. Je l'ai entendue murmurer, et supplier la joie de revenir à la vie, et supplier son peuple de lui faire un signe. Le plus petit des signes. Elle leur dit qu'elle est là. Qu'elle est toujours là. Qu'elle attend leur retour. Qu'ils peuvent tous revenir. Qu'elle les attendra tous. *Sim'ha* est devenue le pont de pierre qui raccorde les mondes. Le télégraphe brisé qui accueille impuissant les cris de désespoir d'une sultane oubliée.

Une dernière fois, ma grand-mère a déposé sur la pierre un baiser.

Au poignet j'avais gardé le trousseau de clefs que le fils du gardien nous avait confié. Il y en avait cinq, trait pour trait identiques, comme il y avait cinq mausolées, dressés à différents endroits du cimetière. Montés pour certains sur pilotis, pour d'autres campés à même le sol, ils faisaient figure de pavillons de pierre nimbés de tuiles ou de cuivre vert-de-gris, et parés de vitraux aux couleurs effacées. Ils renfermaient à l'intérieur les tombes des *Tsaddiqim*, ces saints ayant de leur piété marqué les traditions et les communautés juives de l'Atlas, et traversé les siècles. Le temps avait fait d'eux les piliers de notre identité collective. Ce qui nous liait tous. Il y en avait un, parmi les cinq inhumés au Miaara, auprès duquel ma mère voulait se recueillir, et nous marchâmes jusqu'à son mausolée. Le Rav Hanania Hacohen.

Le saint pouvait faire des miracles. Les femmes de ma famille le prétendaient. Nombre de juifs aussi. Si les miracles avaient un jour mis fin aux sécheresses et aux famines, ouvert des mers en deux, mis feu à des buissons, ressuscité les morts, ils pouvaient aussi bien faire taire un bruit à Marrakech. C'était aujourd'hui le miracle que nous attendions. Et nous avions choisi le Rav Hanania Hacohen pour le réaliser. Il n'avait peut-être jamais eu à faire ça. C'était peut-être la première fois. C'était aussi la première fois que nous estimions qu'il fallait un miracle pour faire cesser le bruit. Nous ne renoncions pourtant pas totalement au bon sens. Nous décidions seulement d'ignorer un instant toutes les hypothèses formulées jusque-là – les voisins, les acouphènes. Nous les avions laissées aux portes du Miaara. Devant l'énigme restée sans réponse, l'aide du saint était la bienvenue. Toutefois, trop sûrs de nous, nous avions omis quelque chose, tandis que nous montions les marches du sépulcre. Un silence inentamé s'étendait dans la grande plaine aux morts. Un silence de pareille envergure régnait à l'intérieur du mausolée. Il y avait bien longtemps que le Rav Hanania Hacohen, dans son éternel repos, n'avait pas entendu de bruit. Le seul bruit était celui que nous amenions. Le bruit d'une clef plongée dans une serrure, d'une porte lourde, de nos pas traînés sur le carrelage blanc, du soupir bavard de ma grand-mère, le bruit de nos prières. Nous étions venus gâcher le silence et demander au saint de faire cesser le bruit. Rav Hanania Hacohen avait de quoi nous prendre pour une équipe de fous. « Il n'y avait pas de bruit avant que vous ne veniez, dirait-il. Et maintenant, vous me demandez d'arrêter le bruit. »

Le mausolée se noyait dans une obscurité suprême que la grisaille du jour, par la porte ouverte, perça en un éclair. Celle-ci devait rester ouverte, sans quoi nous ne voyions rien. De l'intérieur, le sépulcre prenait la forme d'une toute petite pièce, occupée en son centre par cette massive dalle de pierre blanche couverte d'une nappe de velours aux inscriptions brodées. Sur une étroite margelle, les pèlerins qui étaient passés là avaient mis sur pied un autel fait de fleurs, de bougies constellées de sentes de cire séchée, de petits papiers pliés où ils avaient écrit leurs prières, et d'une photo en noir et blanc du Rav Hanania Hacohen. Le regard figé sur la porte grande ouverte et par-delà jusqu'à la plaine de tombes du Miaara, le vieil homme à la longue barbe blanche et au foulard carrelé semblait avoir, à notre venue, ouvert les yeux, empreints d'un grand vide après sa longue torpeur, prêt à reprendre du service.

Saisie de fatigue, ma grand-mère s'était assise sur l'un des deux bancs de pierre qui se faisaient face à l'intérieur du mausolée. D'un geste régulier, elle séparait et réunissait ses jambes autant que sa gandoura le permettait, pour donner vie à un petit vent frais. Ma mère, quant à elle, allongeait son buste sur la tombe, la tête entre les bras, et dispersait dans le petit pavillon les chuchotements de ses prières sans trêve. C'était habillées d'une passion tragique que ses prières comme des offrandes traçaient sans peine leur chemin jusqu'au saint au corps claustré sous la pierre. À son tour, ma grand-mère se leva et s'appuya pesamment sur la pierre. Elle se mit à prononcer elle aussi quelques psaumes, s'entremêlant à la voix de ma mère et à celle d'un autre visiteur inattendu. Sur le pourtour de la deuxième ceinture de vitraux s'était faufilé par l'entrebâillure d'une fenêtre un bruant. Les ailes ferlées sur son corps au plumage brun, l'oiseau se mit à pépier de son petit bec d'or. Son chant résonna dans le mausolée, et nous vîmes en sa présence un messager envoyé par le Ciel. Ma mère l'aurait juré, à cette manière qu'il avait d'attendre immobile qu'elle finisse chacune de ses suppliques avant de rétorquer à son tour par trois sifflements monocordes et célestement mélodieux.

– Tu entends ? Il dit *Amen, amen, amen*, dit ma mère.

Malgré nos petits cris de surprise – car nous étions certains maintenant de la manifestation du saint venu recueillir nos prières –, ma grand-mère ne s'était pas laissé distraire. Elle continuait, avec intensité maintenant qu'elle savait que nous avions toute l'attention du saint, de prier. Il semblait à son intonation que ce n'étaient plus des bénédictions qu'elle demandait au Ciel, mais des imprécations, qu'elle formulait avec colère en arabe.

– Maman ! cria ma mère. Maman, qu'est-ce que tu fais ? Arrête, il va t'entendre. Elle demande qu'il arrive du mal à ceux qui font le bruit ! Arrête, je te dis !

Ma grand-mère continuait, résolue et inattentive aux appels de ma mère, qui décida – et cela donna lieu à un hilarant flux et reflux de voix – de prier plus fort qu'elle pour étouffer et contrer les malédictions de ma grand-mère par des bénédictions. J'étais ainsi témoin du risible intermède par lequel ma mère demandait l'absolution de sa mère qui, elle, implorait le mal sur les faiseurs de bruit cause de tous ses tourments, s'ils existaient seulement. Le bruant s'arrêta de chanter. Il fixa, immobile, son regard sur nous. Quand ma grand-mère se trouva hors d'haleine et qu'elle ne put plus souffler mot, par l'entrebâillure il reprit son envol.

Sur l'instant, la porte du mausolée se referma sur nous dans un bruit sourd. Le chergui avait soufflé. L'obscurité nous enveloppa. Pour seul repère, ce mièvre faisceau de lumière que le bruant avait laissé derrière son envol, mais qui nous permettait à peine d'y voir plus clair dans la pièce enténébrée.

– Voilà !! Tu as vu ce que tu as fait ? Tu l'as mis en colère ! cria ma mère.

– Ça ne fait rien. *Mchikpara*, ouvre la porte, tu veux.

Les clefs m'avaient échappé. Je n'avais pas même besoin de les chercher sur la tombe ou sur les bancs de pierre. Je les avais laissées, je le savais, sur la serrure à l'extérieur, qui au mépris de nos efforts ne s'ouvrait pas de l'intérieur. Nous étions pris au piège, enfermés sans issue dans le mausolée de Rav Hanania Hacohen auquel ma grand-mère avait fait tort, à lui et sa métamorphose de passereau. Poussée à la roue par une détresse, ma grand-mère se mit à rappeler le bruant en imitant son chant. Elle admettait au moins qu'elle avait eu tort de vouer ainsi aux gémonies ceux qu'elle accusait de ce bruit, et de profaner le mausolée du saint. Bien que naturellement l'oiseau ne revînt pas, ma mère se contenta des aveux que ma grand-mère pépiait, et nous nous mîmes alors en frais pour trouver une issue. Tandis que ma grand-mère s'éreintait à frapper sur la porte pour que quelqu'un l'entende, ma mère, elle, implorait le saint de pardonner à ma grand-mère.

En poussant l'un après l'autre les vitraux du mausolée, j'eus plus de chance. L'une des fenêtres s'ouvrit grand, accrochant aussitôt le regard de ma mère et de ma grand-mère. Mais l'enthousiasme partagé à la vue de cette échappatoire fut de courte durée, car à dire vrai l'ouverture était bien étroite. En me voyant examiner ce trou de souris, puis ma grand-mère, puis le trou à nouveau, ma mère comprit mes intentions et freina ma pensée.

– Non, tu ne vas pas faire passer ta grand-mère par ce trou. Impossible, déclara-t-elle.

Constatant, comme moi, que nous n'avions pas d'autre choix sinon celui d'attendre, peut-être interminablement, elle s'approcha à son tour de la fenêtre, examina sa circonférence, puis ma grand-mère, puis la fenêtre à nouveau. Un sourire affranchi se vissa sur nos visages. Nous étions tombés d'accord. Ma grand-mère, par sa taille menue, était la seule à pouvoir se faufiler dans ce trou.

– Allez, viens, maman, dit-elle à ma grand-mère.

Ni une ni deux, ma grand-mère escalada non sans peine le petit banc de pierre et posa sur le pourtour de la fenêtre son genou tremblant. Il fallait admettre qu'elle ne s'était pas prononcée devant ce plan de sortie un peu bancal, mais il n'y en avait pas d'autre. Les bras le long du corps, elle remplissait le trou tout entier. Alors nous dûmes la pousser. Elle était devenue une femme-canon qu'on envoyait chercher notre libération. Tandis que nous portions ses jambes, un pli de sa gandoura s'accrocha à la fenêtre.

– Attends ! Attends, *mchikpara* ! cria-t-elle.

– Il ne veut pas que tu sortes, s'esclaffa ma mère, jurant que le saint ne voulait désormais plus la laisser partir.

– *Safi, safi !* répondit ma grand-mère, qui en avait assez que ma mère la sermonne.

Tant pis pour sa gandoura dont elle déchira le tissu, elle sauta. Nous l'entendîmes crier, le cœur battant à tire-d'aile dans la lumière du jour, qu'elle n'avait rien. Qu'elle allait bien. Elle nous ouvrit.

Dehors, nous vîmes à l'horizon, arpenter à vive allure la terre entre les tombes, une vague silhouette noire. Son corps élancé venait à nous, le diable aux trousses, ne s'arrêtant devant aucune stèle, décidé seulement à rejoindre ce point précis que marquait son buste d'aplomb. Ce point où nous étions.

C'était un homme. Un hassidique, en fait. Un juif orthodoxe pour ainsi dire, habillé selon les exigences d'une veste et d'un pantalon noirs, de mocassins de cuir noir et d'un chapeau à large bord, noir comme de juste. Il était jeune, la trentaine peut-être. Sans prêter la moindre attention à notre présence, il s'arrêta devant le mausolée et tira de sa poche une poignée de pièces qu'il jeta sans soin dans la tirelire fixée au chambranle de la porte. D'un geste sec, il ôta ses petites lunettes rondes et les enfonça dans la poche de sa veste, laissant voir sous ses yeux des dartres qui rongeaient sa peau jusqu'à ses joues, où les plaques rouges disparaissaient dans une longue et broussailleuse barbe noire. Un pas en arrière, avant de s'incliner et de se relever, dans un élan répété et succinct, les mains couvrant ses yeux, et de réciter à toute vapeur des psaumes qu'il connaissait par cœur. En un tour de main, il semblait qu'il avait débité les cent pages d'un livre de prières.

Je m'apprêtais à lui dire que le mausolée était fermé et qu'il lui fallait s'en remettre au gardien, quand ma mère me retint. C'était une bien mauvaise idée de se mettre sur son chemin. Il se pouvait même qu'il s'offense de cette initiative. Mais de toute façon, le pèlerin ne souhaitait pas entrer. Une fois ses prières récitées, il reprit sa course, détalant comme un lièvre noir que les mains des morts essaient de ramener sous terre. Il était seulement guidé par la présence des mausolées, ne sachant sans eux où aller.

Je compris alors, en le voyant, pourquoi les choses s'étaient passées ainsi avec les enfants du Mellah. C'étaient des juifs comme cet homme qu'ils avaient l'habitude d'accueillir et de guider dans les ruelles du vieux quartier. Des étrangers qui, par ici, cherchaient leur chemin. Car les juifs sont des gens qui ne savent pas où aller. Et c'est à ça qu'on les reconnaît. Depuis que l'enfant sait le nommer, le juif est perdu. Il cherche quelque chose. Il va quelque part. Il fouille le monde. Le monde, lui, a fini par perdre le juif. Il y a tellement de ruelles, que le juif a décidé de toutes les emprunter pour trouver ce qu'il cherche. Par ici ou par là, tous les chemins se valent. Mais comme le juif arrive perdu et qu'il finit tout le temps par repartir, ce qu'il cherche n'est peut-être pas là. Au Mellah, pas un ne vient sans qu'on ne dise : « Lui aussi. Lui aussi, il est perdu. » Le juif a quitté le sentier, saluant derrière lui la certitude dont lui-même n'était pas certain, promettant qu'il trouverait ailleurs ce que personne n'avait perdu. La petite bête, midi à quatorze heures, et l'aiguille dans la grande botte de foin. Au terme de l'errance et d'une perpétuelle quête de l'inexistant, il revient. Seul, et bredouille. Alors ils disent : « Regardez, c'est encore celui qui est perdu. » Et l'enfant dit. Il indique, au hasard, des choses, des lieux, des noms, au juif. Et le juif s'en contente. Car c'est exactement ce qu'il cherche. Tout est toujours exactement ce que le juif cherche.

Mais au *Mellah*, ce qu'il cherche n'existe plus. Partout il va, *mais là*, pour lui, le monde s'arrête. Maintenant, je me vois. Je vois ce que nous sommes dans les yeux des enfants. Je me sens l'étranger. J'éprouve le vide. Je sais où je suis. Je sais que je ne peux pas me perdre. Qu'ici alors, je ne suis plus.

À la sortie du Mellah, devant la place des Ferblantiers, le chauffeur nous attendait. Il nous raccompagna jusque chez ma grand-mère. Nous passions le seuil de l'immeuble quand ma mère rebroussa chemin, fit signe à l'homme de stationner un instant et glissa sa tête par la vitre ouverte de la voiture. Je l'accompagnai. Elle avait pensé que si l'homme connaissait le Mellah et le cimetière du Miaara, il connaîtrait peut-être aussi les routes au sud de Marrakech jusqu'à l'Ourika, Setti-Fatma et Achbarou où elle souhaitait se rendre pour pèleriner dans les autres lieux saints du Maroc. L'homme disait les connaître et pouvoir nous y emmener ce dimanche, moyennant deux cents dirhams et un demi-plein d'essence. Elle prit son numéro. Nous avions rendez-vous ici même, dimanche à neuf heures, car il fallait bien une heure et demie pour rejoindre Achbarou par les routes rocheuses, et une nouvelle heure pour rejoindre la vallée de l'Ourika. Comme elle n'aurait pas cru trouver dans le Guéliz un homme qui connaissait encore ces routes peu fréquentées, elle lui fit promettre trois fois qu'il tiendrait parole et serait là dimanche. Il lui donna sa parole et son nom. Bouriel. Il s'appelait Bouriel. Il salua ma mère et ma grand-mère, qui depuis le seuil s'impatientait et s'époumonait pour que nous la rejoignions.

Là-haut, ma grand-mère prit le sac de poissons et franchit la porte vers le jardin. Il était dix-sept heures. Nous cuisinerions maintenant, avant la nuit tombée, pour respecter le shabbat. Alors que nos longues marches semblaient l'avoir épuisée, elle battit le rappel de ses dernières forces d'on ne sut où et se mit sous nos yeux abusés à faire rouler sur la faïence du jardin une gigantesque bouteille de propane. Sous ses gestes fermes et entraînants, le tonneau d'acier gris se laissait aller sans refus, sur plusieurs mètres, jusqu'à ce qu'une poigne de fer le relevât dans un coin du jardin où ses flammes ne risqueraient pas d'être rendues aux plantes. Elle installa sur la bouteille un réchaud, et par-dessus une grille brunie par le feu, sur laquelle elle vint vider le sac de poissons, comme on retourne un seau de sable humide. Tout ce temps, je la voyais faire devant moi des allers-retours du jardin à la cuisine, les mains pleines d'ustensiles, d'assiettes, de boîtes d'allumettes, et me mettant chaque fois en travers de son chemin pour l'aider et la débarrasser j'essuyais son refus, car elle voulait faire seule. Elle laissait derrière elle traîner la chapelle de sa gandoura, et un sourire de fierté qu'il fallait que je voie car il parlait pour elle et réclamait mon admiration devant sa forme à tous crins.

– Ils sont vraiment tout petits ces poissons, dis-je.

– Oui, c'est *hewatt eloued*, me dit-elle. Annie, comment on dit ?

– Les petits poissons d'eau douce, maman.

Je les regardais, ces dizaines de poissons minuscules, se rétrécir encore sous les grandes flammes. Ces petits poissons d'eau douce. C'était une drôle de façon de les avoir appelés. Ils n'avaient pas, à la différence de leurs semblables, reçu de nom. On connaissait le gardon, la perche, pas les petits poissons d'eau douce. Ils étaient si petits, me dit ma mère, qu'on n'avait pas pris la peine de les nommer. Maintenant, ils étaient tellement réduits qu'on aurait pu les nommer « les petits poissons qui disparaissent quand on les cuit ». Ils recelaient là, blottis les uns contre les autres, une certaine magie. Ils inspiraient quelque chose de sacré. Ils semblaient, par ce nom, tout droit créés par un verset du Livre des miracles. Tout droit tombés du ciel, comme une manne pour les hommes affamés.

Du Ciel, Dieu vit son peuple tenaillé par la faim.
Petits poissons d'eau douce,
tombez entre leurs mains.
Sans cuisson, mangez ce beau présent de foi.
Tout petits par la taille,
mais très grands par ma voix.

Nous regardions, sous les fumées montantes, brûler le grand feu tisonné par le vent. Ma grand-mère dressait comme des chevaux sauvages s'il le fallait les flammes hautes, en resserrant un petit anneau dentelé pour contenir le gaz, et par moments portait ses mains au feu pour tourner les petits poissons. Ses doigts lui revenaient du feu couverts de cette pâte noire que font l'huile et l'écaille, sitôt elle les essuyait dans son mouchoir froissé avant de ramener ses cheveux flottants à son grand chignon blond, solidaires imprudents comme s'ils s'essayaient à lui prêter main-forte pour contenir ce feu. Les premiers petits poissons d'eau douce pris aux flammes s'empilaient dans une grande assiette blanche. Je m'étais mis en mouvement. Dans le salon, j'avais ôté autour de la grande table du shabbat les bâches de plastique qui gardaient les fauteuils dans la torpeur de leurs six jours passés. Par poignées, j'avais emporté les montagnes de paperasses qui couvraient la table sur le canapé, où elles pouvaient tout aussi bien s'entremêler. Voilà qu'après quelques allées et venues il ne restait sur la grande table que le portrait de mon grand-père, que je laissai sourire au fumet des petits poissons et à la venue proche de nos réjouissances. Dans la cuisine, j'avais empilé trois assiettes et des couverts pour chacun d'entre nous, quand ma grand-mère revint du jardin portant à deux mains le plat rempli de petits poissons d'eau douce. Elle m'ordonna d'attendre, et me remit une dizaine d'assiettes supplémentaires et des couverts aussi. Je ne comprenais pas. Il n'y avait que nous trois. Nous n'attendions personne. Mais c'était mieux ainsi, avait-elle dit, m'invitant sans délai à dresser la grande table.

Tout l'après-midi durant, elle se mit en frais pour préparer les plus beaux mets, qu'elle disposerait au moment venu. Elle allait, traversant l'appartement à grandes enjambées, pleine d'entrain, délivrer de l'ennui ses services de porcelaine, tremper son doigt ici et là, le porter à ses lèvres et sourire en retour. Sans un bruit, la vie avançait pas à pas, là, près de nous. Elle se réaffirmait. Nous n'avions, ma mère et moi, pas échangé un mot. Mais nous partagions, et nous le savions, une gaieté certaine, retrouvant un instant tout ce qui semblait perdu.

Nous étions installés à table quand elle est arrivée, ma grand-mère. Habillée d'une tunique à sequins qui brillait comme l'argent, elle se montre à nous, le regard plein de joie. Elle avait choisi d'honorer le shabbat parce que nous étions présents. Il y a longtemps qu'elle espérait, nous le voyions, reparaître à cette table ainsi faite. Il n'y avait pas eu de shabbat attendu à la manière de celui qui s'ouvrait ce soir-là, depuis les jours lointains dont elle n'avait pas oublié la tendre et grisante atmosphère. Pincées à ses oreilles, deux dormeuses d'or équilibrent la grâce. Des joncs vermeils fermés à ses poignets sont tombés sur ses mains, et ses mains les retiennent, les bracelets de sa mère. Ses mains ont accueilli le temps, comme le sable marqué par les rides du courant. Il ne reste plus rien des hommes du Guéliz. La mer les a tous emportés. Elle n'a laissé derrière elle que ces sillons creusés où la peau s'amollit, où nos yeux attendris de compassion s'oublient. Je voudrais les toucher, ces mains-là, peut-être même les soulager, partager un instant leur vulnérabilité. Mais aucun de nous ne peut seulement, d'un élan passager, effleurer la grève de cette fragilité. Elle n'accueillerait pas même les pas inexercés d'un nouveau-né appelés par la mer. Car tout est si fragile. Un homme, un seul, s'est allongé. Il est le vagabond piégé, rejeté par la marée. Il est le tailleur qui dessine à la craie le patron de la vie comme elle était avant. Il est l'Amour dans l'or forgé, l'alliance ou le *Mellah*, le rayon de soleil que ma grand-mère porte à son quatrième doigt. Grâce à lui, elle sourit encore parfois. Et Simon, ce soir-là, la regarde.

Nous étions réunis autour de la grande table. Nous avons prié pour sanctifier le vin, que nous avons partagé. Et le pain, que nous avons cassé. Je l'ai regardée ma grand-mère, entortiller un bout de nappe autour de ses doigts, tremper innocemment l'un d'eux dans le verre de vin, plutôt que de le boire, émietter rieuse le morceau de pain posé dans son assiette. Ses yeux sautillaient partout alentour, sur nos visages, sur les innombrables plats débordants et fumants de sardines, d'agneau aux olives, de merlu à la tomate, de bœuf au céleri, de piments farcis. Quand les prières furent récitées, elle nous servit, ma mère et moi, d'une main généreuse. Il demeurait, le mystère de toutes ces assiettes vides, et qui le resteraient car personne ne viendrait. Il fallait croire à l'hospitalité. L'irréductible hospitalité de ma grand-mère. En elle, l'hospitalité n'était pas une façon d'accueillir l'autre, d'inviter l'étranger et la timidité à passer la grande porte, mais plutôt, de laisser simplement le vide exister. Exister un instant. Et de croire que ce vide pouvait, ou non, être comblé. Sans que personne y soit prédestiné. Personne, sinon le monde entier. Mais les assiettes resteraient vides. Car le monde, lui, s'est dépeuplé. L'accueillante lumière de nos réjouissances a fui par la fenêtre. Elle s'est signalée dans la nuit du Guéliz aux navires égarés. À tous ceux qui, un jour, s'en étaient éloignés. Mais personne n'est venu. Et personne ne viendra. Et c'est une vérité, balayée par une main qui, sous mes yeux troublés, s'est mise à remplir abondamment toutes les assiettes vides disposées sur la table. Je l'ai regardée faire, ma grand-mère. Confus, je l'ai regardée verser de tous les mets dans les assiettes dressées devant les sièges inoccupés. À profusion, les unes après les autres. Et quand tout le monde fut servi, et quand personne ne fut servi, ma grand-mère se mit, elle, à manger, sans dire mot, sans donner de regard que nous pouvions saisir.

Elle avait servi les morts. Ils étaient là, tout autour de la table, les spectres du Guéliz. À shabbat, ils revenaient. Les visages cachés par les larges bouquets d'orchidées et les mains tendues de sentiments élevés. Ils poussaient les grandes portes voûtées du passé et s'asseyaient pour se repaître et célébrer. À bras ouverts, ils étaient accueillis. Il le fallait, pour briser la solitude, et prétendre que rien de tout cela n'était jamais arrivé. Et croire qu'ils n'étaient jamais partis, qu'ils ne l'avaient jamais laissée. L'inacceptable départ avait fini par engendrer le déni dans le cœur de ma grand-mère. Il ne pouvait y avoir de chaises, d'assiettes vides, il ne pouvait y avoir de silence. Sous le grand lustre du salon, leurs voix résonnaient toujours, et se confondaient en un bruit tumultueux mais infiniment rassurant. Rassurant pour l'impuissante qui les a tous vus fuir et qui, du bout de ses deux doigts, a préféré coucher le sablier pour arrêter le temps et tous les retenir. Comme le départ, la souffrance est inacceptable pour celle qui prend le mal, mais n'a jamais appris à accueillir le sien.

Après le dîner, ma grand-mère s'était retirée dans la chambre. Elle attendait, allongée sur le lit, enveloppée jusqu'au cou sous ses doubles épaisseurs.

– Annie ! cria-t-elle. Alors tu viens ? On va entendre le bruit. Moi, je t'attends.

On écoutait maintenant le bruit comme on regardait la télévision. C'était devenu un passe-temps. Il devait être neuf heures. Je n'avais pas sommeil. Je les avais laissées se rendre à l'irrésolue quête du bruit. Ma grand-mère ne voulait pas renoncer. Les yeux ouverts et rivés sur le plafond noir, elle attendait, comme à la lisière d'une vaste forêt, que ma mère, qui s'était inféodée à sa cause comme servante de sultane, la rejoigne et qu'ensemble elles battent alors, les deux pèlerines sylvestres, cette vaste étendue pour débusquer l'animal qui ne surgit que la nuit et qui n'a de corps qu'une voix, incapable de mot. Il leur faudrait, dans le grand noir, l'apercevoir et seulement ça – car il ne pouvait être piégé –, et revenir ensemble au village qu'habitent les médisants, les esprits forts et les fous incapables d'y croire. Elles reviendraient sûrement les yeux et les mains vides. Étais-je fou de ne pas y croire, de ne pas tendre l'oreille à cette évidence-là ? S'il y avait une chose dont je ne doutais pas, si incommodante fût cette vérité-là à faire vivre, à faire coexister aux côtés de mes doutes, c'était que ce bruit existait. Il existait pour elle, alors il existait. Elle l'avait fait exister, dans son esprit d'abord, dans le mien maintenant, et je me trouvais préoccupé par sa présence que je ne parvenais pas à confondre. Il occupait ses journées, ses nuits, et les nôtres avec, car nous ne parlions que de lui. Si nous l'avions entendu, non seulement ma grand-mère aurait été ravie aux bras de son obstination, rendue à ceux qui l'avaient laissée partir, mais le bruit peut-être se serait-il dissipé car, démasqué, il n'aurait plus eu de raison de s'attarder dans cet esprit qui ne vivait plus que pour le débusquer et le porter aux oreilles des ignorants. Je pensais lâchement maintenant. Mais pourquoi ne voulais-je pas mentir ? Je pouvais sans mésaise prétendre que je l'entendais moi aussi, qu'il était haïssable, qu'il venait du dessus où les voisins vivaient, et qu'elle n'était pas seule. Alors ensemble, le petit-fils et la grand-mère auraient fait entendre raison à tous les autres et nous nous serions satisfaits de leurs aveux honteux. Passé les quelques jours à chanter notre victoire, nous l'aurions oublié. Mais qui eût promis que je ne reviendrais pas seul, et qu'elle ferait avec moi le chemin du retour ? Elle pouvait tout aussi bien, et c'était imprudent, choisir de s'y attacher plus que de l'oublier et se persuader de le faire disparaître après l'avoir trouvé. Et même, je pouvais moi aussi m'égarer avec elle, en venir à croire à sa juste présence, et ne plus revenir. Je renonçais à ce jeu de hasard. Plutôt le démenti que le mensonge, je pariais là-dessus, et sur la force de persuasion de ma mère que j'entendais déjà, depuis le couloir, dire qu'elle n'entendait rien.

J'étais allé sur le balcon, le temps d'une cigarette. L'avenue s'étendait sous mes yeux, retenue dans le calme. Les derniers sillages du vent, distraits, maintenant à la traîne, traversaient les arcades et rejoignaient leur mère passée là avant eux, réfugiée du jour. Il n'y avait personne pour voir leur défilé fugace, ou sentir la tendre caresse de leurs mains attiédies. Seulement moi, à l'arrêt sur l'assise du Guéliz, traversé par ce sentiment trouble que nous entretenons, lui et moi, l'intimité des premières heures de la nuit, alors que nous attendons avec effacement que l'un ou l'autre se hasarde à dire quelque chose. La lune était pleine, et pourtant le Guéliz avait allumé pour moi, à peine avais-je posé mes bras sur le balcon de pierre, un réverbère, en bas, tout près de l'oranger. Sa lumière inondait la route sur quelques mètres et projetait sur le bitume les ombres des branches et des bouquets de fleurs d'oranger ballottés par la bise.

Marrakech avait disparu dans les limbes du silence. Les uns après les autres, les hommes l'avaient quittée, la cédant à une solitude qu'elle ne veut pas éprouver. Marrakech ne sait pas être seule. Elle ne sait pas exister quand le silence des hommes est tout ce qu'il lui reste. Cela fait partie des dilemmes que le Monde doit résoudre. C'est le silence, ou Marrakech. Et comme le Monde est indécis, et sage peut-être, il a donné le silence à la nuit, et Marrakech au jour. Car Marrakech elle-même est un bruit. Un bruit, le jour, auquel tous participent. Chaque voix est une pierre posée, sur une tour de bruit qui ne cesse de s'élever. Chacun est appelé à l'œuvre collective. Chacun doit apporter sa pierre, fût-elle brute ou polie, claire ou confuse, légère comme le rire ou lourde comme l'ennui. Ainsi, lorsque ces vies s'affirment, alors le bruit se forme. Qu'importe ce qu'il dit ou s'il ne dit rien. Chaque vérité, en rejoignant une autre, parvient à créer une chose commune qui leur ressemble tous, où la vie qui regarde n'y voit que son reflet. Marrakech n'est qu'un bruit, où toutes les voix se mêlent pour créer l'harmonie. Les paroles des hommes et les moteurs tremblants. Les râles des chevaux et les oiseaux chantants. Chacun dit ce qu'il sait dire. Ce pour quoi il est là. Ce qu'il peut donner au Monde. Et ce n'est que là, dans le Guéliz, la médina, et partout encore ailleurs, quand personne ne dit la vérité, qu'elle finit par surgir. Et que Marrakech naît, de tous ceux qu'elle abrite, de tous ceux qui ont trouvé sa voie en ajoutant leur voix. Le soir venu, chacun reprend sa pierre. Chacun rentre chez soi, espérant pouvoir recommencer demain, pour voir la ville renaître. Ce n'est que par l'existence de ce doute, du mortel et du *yak*, par l'éternelle incertitude humaine de retrouver sa pierre demain, que les créateurs de Marrakech sont des Sisyphes heureux.

Il y a pourtant dans la nuit une pierre qui demeure. Une pierre immensément lourde. Une pierre de Babylone, que sa détentrice ne parvient pas à porter. C'est ainsi que Marrakech, dans sa fuite, laisse derrière elle un bruit. Un bout de ce qu'elle est, qui ne veut pas disparaître. Un fragment d'être qu'elle ne peut protéger. Il est la seule chose qui reste quand tout a disparu. Il est la pierre de ma grand-mère. Il est sa Marrakech. Celle qu'elle ne parvient pas à laisser partir, par peur de ne jamais la voir revenir. Celle qui la rend visible au monde, quand tous les hommes ont cessé d'y régner. Dans la nuit du silence, la pierre brille. Le bruit tinte. Il dit : C'est ici. C'est ici qu'elle se cache. C'est ici qu'elle existe, et que Dieu peut la voir. L'Esther. *L'Ishtar.* L'Astre. La plus petite étoile, qui tremble sans mourir devant le Tout-Puissant, et résiste par un miraculeux courage aux poussées sans merci de la nuit de l'oubli.

La lumière de la lune, que la porte ouverte du jardin avait laissée entrer, s'allongeait sur le carrelage de la cuisine. L'horloge indiquait plus de minuit, et je compris que j'avais passé trop de temps naufragé sur le grand canapé. Je marchai sur le sol froid pour fermer cette porte, avant de rejoindre la chambre. Mais je vis, sur un tabouret de plastique, ma grand-mère. Elle attendait dans le jardin, le visage diaphane imprégné par la lumière d'argent. Doucement, elle remuait les jambes, les séparant les rapprochant comme des fenêtres battues par la brise, pour rester éveillée. Ses yeux clignotaient de fatigue.

– Je n'arrive pas à dormir, *mchikpara*, dit-elle. Le bruit : il est trop fort.

J'avais rapatrié, à mon tour, un petit tabouret de la cuisine pour l'installer près d'elle. Elle m'avait laissé poser mes mains sur les siennes toujours employées à enrouler avec nervosité autour de ses doigts les lambeaux de son mouchoir de papier, et ses mains étaient moites. Je la savais, ma pauvre grand-mère, s'épuiser et incapable de s'oublier à la nuit, les pensées persécutées par l'impérissable idée de ce bruit quand nous n'étions pas là. Il était en train de la vaincre. Je voulais l'aider, l'apaiser un instant et chasser l'abject bruit à grands cris.

– Attends là. Je vais te montrer quelque chose, chuchota-t-elle.

Elle avait eu, à ma joie retrouvée, un sourire de malice, comme l'indice d'un aimable moment de complicité entre elle et moi dans le jardin. Je l'avais laissée reprendre pleine possession de ses mains, et par la porte de la cuisine je l'avais regardée disparaître, pour revenir quelques instants après, munie de son porte-monnaie. De la pochette transparente, elle tira une toute petite photo dentelée de la taille d'un timbre, aux couleurs étiolées, où elle posait près d'un homme au regard digne. Sans peine, je reconnus l'homme, élégamment vêtu d'un costume sur lequel s'accrochait une épinglette en or de la forme d'une couronne. C'était Sa Majesté le roi Mohammed VI. À ses côtés, les yeux rivés vers nous, ma grand-mère se dressait, le visage relevé, retenue par un souverain respect, attentive je le voyais à ne pas être trop proche. Mais je sentais, d'une tension tangible, qu'elle se serait volontiers approchée de lui si les convenances l'avaient permis.

– Alors, tu as vu ? me demanda-t-elle. Je suis quelqu'un moi, *yak* ? C'est lui qui s'est dirigé vers moi ! ajouta-t-elle, oubliant un instant, emportée par l'enthousiasme, qu'il était tard et qu'il nous fallait chuchoter. Il était venu de Rabat pour nous voir au Mellah. Alors tout le monde était là pour le saluer dans la rue, et c'est à moi qu'il s'est adressé.

Ma grand-mère vouait au roi du Maroc une loyauté sans égale. Pour l'amour des siens et, plus que tout, du peuple juif, que le père et le grand-père de Mohammed VI avant lui tenaient en haute estime et pour la prospérité et la sécurité duquel ils avaient œuvré au royaume du Maroc à travers les siècles, ma grand-mère révérait Sa Majesté le roi. Elle le peignait en homme d'équité et de vertu, et aimait en parler.

– Je lui ai dit pour le bruit, tu sais, et il m'a dit qu'il me croyait – que Dieu le protège. Tu sais, *yak*, moi je suis presque la dernière juive ici. Je lui ai dit de ne pas m'oublier, reprit-elle.

– Mamie, quand tout le monde est parti, pourquoi es-tu restée ?

– Je ne sais pas, *mchikpara*. Tu sais, je crois que j'ai entendu une voix qui m'a dit de rester. Alors je l'ai écoutée, et je suis restée. C'était peut-être Dieu. Et après, la voix, elle est partie elle aussi. Elle m'a dit de rester ici, avec elle. Et après elle est partie avec tous les autres. Je ne l'ai plus entendue. Moi, je suis toujours là. Et elle, elle n'est plus là. Il ne faut pas toujours écouter ce qu'on nous dit.

– Le bruit que tu entends, c'est peut-être la voix.

– Peut-être. Je préférais la voix. Elle, au moins, je

la comprenais quand elle parlait. Viens, *mchikpara*, il est tard. Il faut dormir.

Si je ne mettais pas sa parole en doute, je n'entendais pas pour autant le bruit. Elle aurait détesté qu'il n'existe pas. Qu'il ne soit que le fruit de son imagination. C'est nous qui sommes fous de ne pas tendre l'oreille. De ne pas l'entendre. Le bruit est devenu une raison. Une vérité. Quiconque l'entend connaît la vérité. Ma grand-mère connaît la vérité. Elle ne parvient pas réellement à dire ce que dit la vérité, mais elle sait qu'elle est là. Elle la côtoie, puisqu'elle côtoie le bruit. La vérité lui a été soufflée. Plus encore, elle lui a été donnée par Dieu, afin que ma grand-mère la comprenne, la fasse entendre et l'enseigne à ceux qui ne la connaissent pas. Comme dix autres avant lui, le bruit a été reçu sur le mont Sinaï. Il est devenu le onzième commandement, qu'elle seule a reçu. Il dit : *Le bruit, tu entendras.* Ce qui compte pour elle après tout, ce n'est pas de savoir ce qu'il dit. Ce qu'il est. C'est que d'autres l'entendent.

Les contours de la chambre s'ennuageaient, et mes yeux, peu à peu, se fermaient sous le grand plafond noir.

Les immenses remparts de pierre du port d'Essaouira essuient, sans dire un mot, la colère de la mer. À son heurt jaillit l'écume qui s'en va colorer les cieux d'un blanc brillant. Là-haut, les oiseaux naissent et meurent d'un même temps qui s'étire au rythme de leurs râles perçants. Devant moi, où la terre avant n'était jamais allée, une main grande comme le monde a percé le ciel blanc et s'est conduite vers la mer pour tracer, du bout de ses deux doigts, une jetée de bois où je pouvais marcher. Je portais ainsi mes pas nus sur les planches qui surmontaient la mer. J'avançais, tandis que la main de Dieu, l'ouvrage accompli, regagnait les hauteurs. Je gagnais moi les horizons brumeux, au bout de la jetée, où prenait forme sous mes yeux la silhouette d'une enfant. Sur les dernières planches de bois, une enfant qui n'avait pas pu aller plus loin. Une enfant enveloppée dans une robe blanche, tombée à l'éternelle hypnose des vagues que la mer livrait à la terre. Auprès d'elle, je suis allé. Mais elle ne m'a pas vu. Elle se tient, silencieuse, juste au-dessus des flots. Ses lèvres ourlées de douceur sont asséchées par le sel que les embruns de l'eau déposent sur nos visages. Ses cheveux blonds accueillent le petit nœud d'un masque qui recouvre ses yeux. C'est un masque de fête, mais fait d'un tissu noir. Elle devient l'échappée d'un carnaval de joies, rappelée par la tristesse. Elle se tient droite sur la jetée et contemple la mer d'un œil cassant, imperturbable, attendant dirait-on que la mer lui rende ce qu'elle lui a volé. Je lui ai demandé son nom. Mais elle ne m'a rien dit. Je pense que je ne suis rien, et qu'elle ne me voit pas. Que son âme et la mienne ne peuvent se rencontrer, ici, sur la jetée. Que ce monde est le même, mais le temps, différent. Que je suis au présent, et qu'elle au passé. Elle attend, semble-t-il.

Elle attend depuis des jours, peut-être des années. À ses yeux, la mer est devenue le monde, derrière il n'y a plus rien. Il n'y a plus de joie, d'évasion, de raison de regarder ailleurs. Son corps est mis aux fers, captif de l'immensité bleue, comme l'œil du pêcheur affamé, rivé sur le flotteur qui tremble sans plonger. Il n'y a que l'attente, devenue l'obsession de l'enfant oubliée. Il n'y a que l'attente, qu'elle accueille consentante. Elle attend comme si, bientôt, un visage familier allait percer les lointains brumeux pour venir la chercher, car la mer est trop vaste. Seule, elle ne peut la traverser. Sa petite main a cueilli mon regard. Elle serre la poignée d'une crécelle en bois, que son bras tend au-dessus de la mer. D'un geste vif, elle tourne la crécelle. Encore et encore, sauf qu'aucun bruit ne vient. Aucun cliquetis. Il n'y a que le silence. Le petit jouet de bois est cassé. La main de l'enfant tourne à vide. Et sous nos yeux, transperçant l'horizon, appelées par le geste de l'enfant, une myriade de barques bleues s'est avancée vers nous. Toutes ont le bois brisé, et meurtri par le bruit. Toutes ont été battues par la tempête. Toutes sont vides. Ou plutôt, toutes sont revenues vides, trahit le regard de l'enfant qui s'embue à la vue des chaloupes. Tant que sa main se meut, l'horizon continue d'enfanter des barques bleues, et les premières venues désormais se heurtent à la jetée. La petite crécelle tourne encore, comme la lanterne d'un phare qui ne veut plus brûler. L'enfant ne veut pas céder. C'est un crève-cœur. Je veux l'aider, mais je ne peux pas. Les larmes s'abîment sur son visage, mais elle ne s'arrête pas. Encore les barques vides abondent. Toutes s'abattent sur la jetée, juste devant nous. Elle regarde la crécelle, la supplie de crisser. Un son, un seul. Mais rien ne sort. Je la vois s'acharner, s'épuiser, je l'entends crier de douleur quand elle n'a plus de forces. Sa main échinée s'effondre, tremblante, et revient à son corps. Ici, au terme de la jetée, encerclée par le bois mort de ces mille barques bleues, l'enfant s'est arrêtée. Personne n'a entendu le bruit. Personne n'est revenu.

Au réveil, je l'avais retrouvée, l'enfant des barques bleues. Ma grand-mère. Dans la cuisine, elle s'était accoudée sur le plan de travail, soutenant de ses mains sa tête au-dessus d'un grand livre. Avant seulement qu'elle ne l'ouvre, ses pensées avaient gagné le large. Le chignon piqué par une baguette en bois, le corps figé par le manque de sommeil et le froid, elle se laissait aller au roulis matinal, au doux enlèvement, partie par cette porte que nos yeux trouvent partout. Quand je suis entré alors, quand j'ai prisé l'air embaumé par les vapeurs chaudes de la cafetière sifflante, elle est revenue à elle. Elle ramena derrière ses oreilles quelques mèches qui s'étaient échappées et redressa son corps en s'aidant d'une main placée au bas de son dos lourd. Elle alla chercher dans l'entrée une paire de pantoufles, qu'elle poussa jusqu'à moi avec les pieds, car les premières lueurs du jour n'avaient pas radouci le sol de la cuisine. Et tandis que j'ouvrais les yeux aux premières gorgées de café, elle, pleine d'allant, revint à son plan de travail et au grand livre, dont elle souleva la couverture à deux mains. Je sus alors, sans même le regarder, quel livre l'occupait. Car il n'y a de livre, autre que celui-là, qu'on doive ouvrir avec autant de délicatesse. Tant sa couverture est pesante et sa reliure fragile.

C'est un très vieux grimoire, dont les pages volent parfois. Dont les lignes s'effacent et les couleurs se fanent. Où le savoir tient à un fil, lâche, affaibli par l'usage et le temps, mais qui, par une loyauté ne trouvant son égale, tient bon. Sur les pages écornées, tout est là. Tout le savoir d'une famille. Tout ce qu'il faut connaître. Rien de plus. Il est le *Livre de la cuisine juive marocaine*. Quand l'ingénu dit, veule, que ce n'est qu'un livre de deux mille recettes, le clairvoyant, lui, tape du cœur et du pied. Car c'est bien plus que ça. Bien plus qu'un livre sacré, où s'ouvrent une infinité de passages comme autant de versets. Il garde la mémoire et la joie d'un peuple tout entier, puise dans tout ce qui est passé et tout ce qui est à venir, inspire les jours de grande célébration, et de tristesse aussi. Tout ce qu'il faut comprendre de l'identité judéo-arabe est ici. Tout ce qu'il faut garder, et faire durer. Tout ce que les femmes de ma famille convoitent, et que ma grand-mère pour l'heure ne cède pas. « Un jour, peut-être », dit-elle, toujours très amusée. Mais ce jour ne vient pas, alors ce livre peut-être garde en lui, j'ai fini par le croire, le secret de la vie éternelle. Comme il nous garde, nous, d'oublier qui nous sommes.

Parce que nous étions samedi et que c'était shabbat,

elle ne cuisinerait pas. Bien qu'elle en eût envie. Alors, pour soulager l'envie, autant qu'elle le pouvait, elle avait choisi de tout préparer, de rassembler ses ingrédients, pour qu'au moment venu elle se mette à l'ouvrage. Elle avait réuni devant elle un grand rouleau en bois, une petite roulette engrêlée en métal, un petit sac de farine, quelques œufs, un pot de confiture d'un rouge noirâtre et un flacon étiqueté « fleur d'oranger ». Je m'amusais de la voir lire et relire, impatiente, les recettes qu'elle connaissait de toute évidence déjà sur le bout des doigts, pour les avoir réalisées un grand nombre de fois, peut-être vérifiait-elle que la recette ne se trompait pas.

Ma mère passa la porte de la cuisine, quelque peu désorientée par le réveil, alors je lui fis signe, pour lui montrer que la cafetière était là près de moi. Nous étions deux maintenant à fixer ma grand-mère qui nous tournait le dos, remuant de tous côtés, mordue d'une énergie débordante.

– Tu fais quoi, maman ? demanda ma mère.

– Je prépare pour ce soir les oreilles pour Pourim, dit-elle.

À l'occasion des fêtes de Pourim, les femmes de ma famille préparaient, en respect des traditions, ces petits gâteaux fourrés de confiture de pruneau, et les sculptaient de leurs mains comme des triangles pour imiter la forme des oreilles d'Haman, celles du conspirateur. Le jour de Pourim, nous les mangions ensemble comme un hommage à Esther et au peuple juif qui avaient traversé l'épreuve, sains et saufs, du massacre prémédité. L'exacte signification, je ne m'en souvenais pas.

– C'est la tradition, reprit ma grand-mère, de manger les oreilles de celui qui a été mauvais. Celui qui a dit du mal de nous, croyant qu'on ne l'entendrait pas, alors que nous, on a tout entendu.

Ma mère traçait un sourire taquin, prête, je le voyais, à plaisanter de ce qui nous traversait l'esprit à tous les deux devant ce spectacle que ma grand-mère donnait. C'était comique, pour sûr. Elle ne pouvait se retenir, alors elle dit, dans un éclat de rire :

– Et tu n'entends pas déjà assez bien comme ça ?

– Ah, laisse-moi, toi. Je l'entends le bruit, très fort je te dis.

– Alors on va les manger. On va toutes les manger, après tu n'entendras plus rien. Plus un bruit, rien du tout, reprit ma mère.

Ma grand-mère soupirait et hochait la tête sans trop de plaisir, l'air de dire, peut-être, que ça pouvait être une idée. Que si ce bruit avait un corps, un visage et des oreilles avec cela, nous aurions pu les lui prendre, et les manger, alors peut-être que nous ne l'entendrions plus.

Ma grand-mère cuisinait les oreilles d'Haman pour nous. Pour nous voir venir, dans nos costumes d'arlequins, et les piocher sur les plateaux garnis, les mordre de nos petites dents avant de découvrir, les yeux colorés de merveille, le trésor de prunelée qu'elle y avait caché. Il y avait le devoir de la fête, de porter les croyances et de couver les traditions, et le plaisir ensuite de voir les plus jeunes tout teindre de gaieté. Il y avait l'irrépressible joie d'aller partout dans les rues du Guéliz, et par-delà encore, et de distribuer les gâteaux de la fête à toutes les silhouettes vaguement familières qui ne faisaient pas Pourim. Aujourd'hui, le devoir est resté. Mais il est resté seul. Le plaisir est parti. Il n'y a que l'expression du cœur qui lutte contre l'oubli. Contre l'eau de l'oubli, qui ruisselle à torrents et s'abat contre le dernier mur. Après, tout sera fini. Après, nous pourrons tous prétendre que rien n'a existé. Aujourd'hui, je sais, mais demain je ne saurai plus. Tout ce qui a été. L'île de cette histoire finira dans les fonds. C'est un deuil à venir, d'inarrêtable fin. Aujourd'hui je suis triste, et impuissant aussi. Aujourd'hui, j'ai demandé comment c'était avant. Avant le grand départ. Mais elle n'a pas voulu répondre. La douleur, à sa place, a haussé les épaules. Ma mère, elle, avait bien plus à dire. Merveilleux, l'avant était merveilleux, renchérit-elle. Avant, les juifs et les Arabes s'aimaient. Nous avions tous fini par oublier nos différences insignifiantes, les cédant volontiers aux imaginaires d'autres, croyant qu'elles ne ressurgiraient jamais. Tout nous réunissait. Nous avions réussi, partout, petits et grands, à mettre au monde un bonheur dont le premier et le seul son vibrait comme un éclat de rire. À chaque instant, dans chaque quartier de Marrakech, dans chaque ruelle, dans chaque maison où nous nous retrouvions, ce bonheur-là rouvrait les yeux à nos visages aimants. Partout nous le portions, et nous le chérissions. Et nous le protégions du monde, car il était à nous.

Nous n'avions d'yeux que pour lui. Alors quand la peur, pieds nus, est arrivée, nous ne l'avons pas vue. Et elle nous l'a enlevé. Elle a pris notre enfant. Elle est partie, laissant dans nos cœurs, à tous, l'abjecte trace de son passage. Elle nous a laissés nous déchirer.

– Je me souviens, dit-elle, c'était en 67. Pendant la guerre des Six Jours. J'avais six ans. J'étais avec ma grand-mère, ton arrière-grand-mère. Nous allions au Mellah, en taxi. Les informations passaient à la radio et disaient que les avions israéliens bombardaient l'Égypte. Le chauffeur, en roulant jusqu'au Mellah, se tournait vers nous pour nous cracher dessus. Il criait : « Sales juifs ! » Il nous crachait dessus et il criait. Nous étions mortes de peur à l'arrière.

Je l'ai regardée essuyer de sa main une larme précipitée sur sa joue. Il n'y a pas de haine. Il n'y a que la tristesse d'une enfant de six ans, résignée au regret et à l'évidence que rien ne renaîtra jamais. Que la peur a laissé dans les cœurs l'irréparable. Ce matin-là de mars, c'est un recueillement sur la petite stèle blanche d'un amour disparu. Je l'ai serrée dans mes bras. Ma grand-mère, elle, ne peut y prendre part. Il y a trop de douleur.

Nous avions pris congé, ma mère et moi, partis nous préparer pour la journée que nous avions prévu de passer en médina. Ma grand-mère avait des courses à faire dans la vieille ville. Ma mère, quant à elle, avait apporté un petit bracelet en or serti de toutes petites pierres, au fermoir abîmé qu'elle souhaitait faire réparer chez les orfèvres du vieux souk.

Le taxi nous avait déposés aux abords de la grande place Jemaa-el-Fna, et nous rejoignions à pied la petite épicerie où ma grand-mère souhaitait se rendre. Je ne me rappelais pas Jemaa-el-Fna. Encore moins maintenant. Non parce que cela faisait dix ans, mais parce qu'il faisait jour. Les souvenirs que j'avais d'elle l'avaient donnée tout entière à la nuit. Quand je n'étais qu'un enfant. Quand les tambours et les voix résonnaient, que les enivrantes fumées des viandes grillées s'échappaient des cantines de fortune pour battre le rappel des voyageurs qui n'osaient prendre place sur les bancs partagés. Il y avait des festins. Quand les grands feux brûlaient sous les tisons de joie, que les enfants rieurs se glissaient dans les foules, se cachant à toutes jambes des mères tendrement inquiètes, victimes de leurs malices. Je me rappelais cette liesse contagieuse qui remplissait nos cœurs quand, à la nuit, notre hôte qui nous avait réunis jurait qu'elle ne partirait pas. Et qu'alors la vie s'ouvrait au bruit et jaillissait sous le riqq et le qanoun, sous le pied martelant du charmeur de serpents et le grelot chantant du porteur d'eau, et que nous marchions sans jamais nous arrêter, sémillants, à la recherche du rien, prêts à tout célébrer.

Ce jour-là, le soleil sur la place Jemaa-el-Fna n'était pas parvenu à percer la grisaille. Il l'imprégnait seulement d'une froide lumière blanche, et vivait aux crochets de tous ceux qui, sur l'esplanade, tentaient de s'en cacher.

Au travers des nuages, il demandait à voir, l'aveuglant soleil gris, ceux qui marchaient sur la place, mais il ne voulait pas, lui, être vu en retour de tous ceux qui, assommés par la nuit, surpris par le jour, étaient restés bloqués là, sur l'esplanade de pierre. Jemaa-el-Fna désavouait, dans sa désolante nudité, dans cet habit de pudeur et de gris, que la nuit l'ait libérée hier encore. Elle était silencieuse. Il semblait qu'il ne s'était rien passé. Que Jemaa-el-Fna vide, privée de son âme, de tous les bruits qui l'avaient faite, était honteuse. Vous avez rêvé, murmurait-elle aux errants indélogeables qu'elle hébergeait aujourd'hui, à tous ceux qui n'avaient pas trouvé la sortie, et qui jusqu'à la nuit prochaine ne la trouveraient pas, piégés à tout jamais. Les oubliés de Jemaa-el-Fna. Quelques corps à l'arrêt posés sur la pierre, qui contemplent l'horizon comme un grand champ de ruine, attendant le retour de la nuit. Quelques mendiants, vendeurs d'encens, d'épices, arracheurs de dents, sous les toits de tôle et de cartons des boutiques à roulettes. Quelques chevaux surmenés, aux chanfreins plongés dans de grands seaux d'eau trouble. Assises sur de tout petits tabourets, les genoux hauts, les tatoueuses au henné attendaient à l'abri sous les parasols verts qu'il renonce et s'en aille, le soleil importun. Derrière leurs voiles de coton noir, elles parvenaient sans mal à faire sortir de son chemin le vent froid qui soufflait sur la ville. Elles ne cédaient au jour que leurs mains pour tendre aux touristes attentifs des carnets plastifiés de dessins au henné. Dans cette amnésie collective, nous marchions, ma grand-mère, ma mère et moi, contre le vent, sur la place vide et surveillée par la grande tour de la Koutoubia, érigée raide, les bras sévères et croisés dans le dos. Jemaa-el-Fna, effacée devant elle, se taisait comme un enfant fautif, retrouvé parmi les foules disparues.

Derrière la place, nous avions trouvé la petite échoppe où ma grand-mère allait. Elle était tenue par trois jeunes, d'une trentaine d'années. Ils s'étaient assis entre les paniers de bois tressé remplis de santal et de ces masses difformes de savon noir, cristallisées comme des morceaux de pierres vitreuses. L'allure désinvolte, habillés de tee-shirts pointillés de strass qui imitaient les monogrammes des marques de luxe et qu'ils portaient fièrement, ils avaient ouvert leur rangée de jambes collées les unes aux autres pour nous laisser passer. C'était un « *Salam*, madame » à l'unisson, généreux de respect, qui accueillait ma grand-mère dans l'échoppe. Elle y entra sans leur donner la réplique comme si elle y était chez elle. Elle se conduisait, en tout cas, comme s'il y avait du vrai dans cette idée-là, piochant dans les bacs des grandes tours de plastique de petites poignées de fruits secs qu'elle amenait à sa bouche, sans que cela ne contrarie les trois jeunes qui maintenant derrière leur comptoir la regardaient faire. Elle achèterait de toute façon, ils le savaient, plus qu'elle ne prenait de droit. Il n'en allait pas d'égale certitude pour les deux petits bruants, nichés sur les hauteurs des tours de plastique, qui piottaient et descendaient à tire-d'aile par moments pour chiper, intrépides, quelques noix de cajou avant de remonter sans délai au pic de leurs falaises. Les trois jeunes savaient ce que ma grand-mère venait chercher ici, sans qu'elle ait besoin de le dire, et de sous leur comptoir saisirent un mystérieux paquet enroulé d'un drap blanc. Ils s'y mirent à trois, deux d'entre eux tenant à mains fermes le paquet comme s'il recelait derrière son enveloppe de toile blanche un secret d'une inestimable valeur. Ils le dénouèrent, sous nos yeux attentifs, pour en sortir un grand bocal scellé, rempli de ce qui semblait être d'abord un amas de charbon. Mais ça ne pouvait être un si petit trésor, en attestait la précaution avec laquelle les trois hommes maniaient le bocal, comme s'ils portaient pour la première fois un nouveau-né emprunté au berceau. À six mains, ils le déposèrent sur le comptoir en bois. Plus près, nous pûmes reconnaître l'écorce d'un noir d'encre du *bakhour*, l'encens précieux que ma grand-mère utilisait – je le savais, je l'avais déjà vue faire – à bien des fins sacrées. Il s'obtenait en mariant du bois d'agar, de santal, du jasmin, des épices, des résines, des huiles et d'autres choses encore. L'un des jeunes, le plus grand, le plus fort aussi, allait maintenant ouvrir le bocal, tandis que ses deux acolytes, son bras droit, son bras gauche, s'éloignaient pour lui laisser la place. Il avait saisi sur le comptoir une cuillère à tête rouillée dont il se servit comme d'un petit levier sur le couvercle du bocal de verre, avant de l'ouvrir d'une main décidée. Le parfum du *bakhour* nous vint, précipité, libéré par son dompteur, comme une bête captive et déchaînée sort de sa cage après l'attente d'une éternité. D'une immédiate ruée, chassant d'un rugissement féroce toutes les autres odeurs, chassant toute chose car l'odeur est si forte qu'elle en devient physique, prend corps comme une épaisse fumée qu'on attraperait à pleines mains, invisible pourtant. Dans l'échoppe, tout avait disparu. Il n'y avait plus, autour de nous, que l'odeur du *bakhour*, de ce fauve aux quatre pattes brunies de terre trempée, à la peau de cuir brûlé et au crin chaud que son dompteur aiguillonnait, battant l'air d'une main éventaillée, comme quelques coups sifflants de fouet. Je le sentais, le *bakhour* animal, s'insinuer en moi.

– Le meilleur, *yak*. Allez, mets-le sur la balance, dit ma grand-mère.

Le premier frère s'exécuta, retirant du bout des doigts les morceaux d'encens noir du bocal, les plaçant les uns à côté des autres et au-dessus quand il n'y eut plus de place sur la toute petite balance de cuisine. Il relevait le visage chaque fois qu'il posait en équilibre, les mains tremblantes, les copeaux de *bakhour*, pour s'assurer que ma grand-mère l'arrêterait à temps. Elle regardait, d'un air pharaonique, cette petite pyramide de roches noires se construire sous ses yeux, ne disant mot, jugeant d'un silence souverain le travail appliqué de ce jeune devenu cheville ouvrière, comme si c'était là un palais qu'il construisait pour elle. La pesée continuait. Ma grand-mère ne semblait pas décidée à l'interrompre. Nous la regardions tous désormais, troublés devant la quantité déraisonnable d'encens noir qu'elle prévoyait d'acheter.

– Pourquoi autant, maman ? demanda ma mère.

Elle ne nous disait rien. Elle s'exaspérait même de constater que la cadence de pose des pierres sur son petit édifice avait considérablement ralenti. Elle y remédia selon ses méthodes, attrapant le poignet du jeune et l'inclinant sans réserve pour qu'alors le bocal tout entier se vide sur la balance. Là, elle fut satisfaite. Près d'un kilo de *bakhour*, de quoi parfumer toutes les rues du Guéliz.

– Maman, d'accord si tu veux. Mais dis-moi juste pourquoi, insista ma mère.

– Laisse-moi, répondit-elle. Il faut au moins ça pour faire fuir le bruit.

Par tous les moyens, elle s'était promis de chasser ce bruit. Elle remplirait de *bakhour* chez elle tous les encensoirs à ras bord s'il le fallait, condamnant chaque pièce, se condamnant elle-même d'une main volontaire à la grande asphyxie. Doublée d'incantations, la fumée noire pouvait purifier les corps, les âmes, les lieux. Elle avait par là accepté et admis que son combat n'était plus rationnel, car elle se servirait du *bakhour* pour repousser non pas le bruit, mais le mauvais esprit à l'origine du bruit. Il y avait là-haut, juste au-dessus de sa chambre, et partout dans son appartement, un esprit à l'errance qui tourmentait ses nuits et n'accepterait de fuir qu'en inhalant de force le parfum du *bakhour*. C'est ce qu'elle croyait.

Nous avions rejoint à pied les environs du palais de la Bahia, jusqu'aux portes de bois grandes ouvertes du souk des orfèvres. L'atelier vers lequel nous allions se creusait, comme un trou dans la terre, à l'intérieur des murs de pierre de la médina. C'était un tout petit bric-à-brac. Les tomettes sur le sol s'étendaient sur les murs et le plafond après ça, avec continuité, comme si la boutique avait été livrée aplatie avant que le bijoutier ne s'affaire à la plier en quatre. Le vieil homme à l'intérieur s'était assis, le dos courbé devant le plan de travail, tenant de ses deux mains et très près de sa bouche un petit trésor qu'il semblait avoir trouvé dans ce trou de taupe. Un morceau de pain dur, qu'il arrachait à grand-peine avec ses dents fragiles. Il mordait d'un côté seulement, et chaque fois troquait la satisfaction d'une faim contre une grimace de douleur, tenant par moments d'une main prudente sa mâchoire pour qu'elle ne le lâche pas. Notre présence semblait l'indifférer, et tous ses efforts sur l'instant étaient mobilisés pour sa pause déjeuner.

– *Salam*, toussota ma grand-mère.

L'homme avala de force le morceau de pain qu'il mâchait depuis de longues minutes, poussa un petit soupir endolori. Ma mère sortit d'une petite aumônière le bracelet, qu'elle tenait avec délicatesse comme un petit fil à coudre qu'il ne faut pas laisser s'emmêler à plaisir, et le posa dans la paume de l'homme. Il le prit et le contempla d'un œil consciencieux, avant de se mettre au travail.

– Combien de temps, Sidi ? demanda ma mère.

– Une heure, peut-être un peu plus, dit l'homme.

– Maman, on va aller faire un tour, décida ma mère. Tu viens avec nous ?

Ma grand-mère s'était appuyée de tout son corps sur la console, regardant l'homme faire.

– Vous, allez. Moi, je vais rester, j'ai mal aux jambes.

Un souvenir immense lui était revenu. Dans une ruelle pavée de la vieille ville, il s'était embusqué dans de petites caisses en bois oubliées sur le bord du trottoir. Elle s'était arrêtée, ma mère, aux premiers pavés.

– Je crois que c'est dans cette rue que mon père avait son atelier, dit-elle.

Je pouvais presque l'entendre, son cœur, battre comme un vantail cahoté par le vent, comme un pont submergé par la marée montante du souvenir arraché à son dernier sommeil. Le temps l'avait conservé dans un abri de joie scellé, que l'abandon n'avait pas su gâter. Elle souriait d'être là. Les premières gouttes de pluie, timides, perlaient le pavé. Mais nous avancions d'un pas lent, les mains juste au-dessus de nos têtes, et sous nos yeux se succédaient les façades décaties des immeubles que d'un œil scrutateur ma mère interrogeait. Devant chacune d'elles, je le voyais, cet œil, répéter inlassablement la même question. *Est-ce toi, l'atelier de mon père ?* Alors seule, elle dictait ses propres réponses nées du flot d'images imparfaites qui lui revenaient.

– Non, ce n'est pas ici, dit-elle.

Dans la ruelle, un homme qui poussait une brouette en bois nous avait arrachés à la lenteur. Il avançait bruyamment sur la pierre, et avait amené l'averse qui, sans délai, se mit à tomber après lui. Nous courûmes, ma mère et moi, pour trouver refuge plus bas sous la corniche d'un immeuble. La petite saillie nous abritait à peine, et nos pieds déjà trempaient dans l'eau qui ruisselait sur le pavé.

Là, juste devant nous, de l'autre côté de la ruelle, une façade avait retenu l'attention de ma mère. Elle avait l'air de dire que c'était là. À peu près là, sous les décombres et les pierres cassées qu'un rideau de fer à moitié ouvert tâchait péniblement de retenir. Elle décida, seule, que c'était ici. Il était préférable que ce soit ici. Car ici, il n'y avait plus d'atelier. C'était triste, et pourtant bien plus facile à accepter, plutôt que de savoir que cet endroit avait, malgré l'abandon et le temps, survécu, mais que son père, lui, n'existait plus. Plutôt que de voir que tout y était inchangé, mais que Simon n'était plus là. Elle souriait, ma mère, et la pluie coulait sur son visage. Nous avons attendu, les yeux rivés sur les débris de pierres et le rideau de fer. Comme s'il était là. Derrière les portes condamnées du passé. Sous le poids du temps. Comme s'il pouvait surgir, lui sourire en retour, traverser l'averse, et la prendre dans ses bras. Nous avons attendu, pour croire qu'il était là. Et parce qu'elle avait peur de ne pas trouver les mots. Nous avons attendu pour qu'il existe encore.

Un homme sur le trottoir d'en face était apparu, impossible de dire avec exactitude à quel moment. Nos yeux auraient juré que la ruelle était vide et que l'averse, survenue avant lui, lui avait donné corps. Il s'était matérialisé devant nous comme un lapin sorti de son terrier. Une tignasse frisée, petite et noire, sur le sommet de son crâne, enflait l'allure magique de son apparition. Il nous fixait, campé à l'entrée d'une boutique de souvenirs dont il semblait être le propriétaire. Une lumière d'un blanc cru, médical, inondait l'intérieur, où séjournaient ensemble des porte-clefs en fer disposés sur les éventaires, des brochures et des cartes postales rangées dans les présentoirs à tourner, et des tee-shirts *I love Marrakech* sériés sur les portants. La boutique était vide. Il tourna son pied pour écraser sous la semelle de sa chaussure pointue sa cigarette, qu'il jeta dans la rigole le long du trottoir.

– Vous cherchez quelque chose ?

D'une gaieté folâtre, il balançait mécaniquement son corps d'avant en arrière d'un léger mouvement de hanche, comme une figurine montée sur un ressort, et s'amusait à chatouiller nerveusement le bouc noir qui prolongeait son menton.

– Oui, vous savez s'il y avait un tailleur qui travaillait dans la rue ? demanda ma mère.

– Il y a très longtemps, oui, il y en avait un.

Il avait, pour ciseler cet air irréel, un parler électrique et très articulé qui conférait à ses mots l'ambivalence d'une grande certitude et d'une fragilité, comme si étrangement l'homme nous cachait quelque chose, ou se cachait lui-même.

– Hayot, ça vous dit quelque chose ? demanda ma mère.

Il acquiesça.

– C'était mon père, reprit-elle.

Le regard de l'homme avait changé. Son visage de marbre s'était précipité à la tendresse de cet aveu, brusquement déglacé, ouvrant ses yeux grands de gaieté et ses bras à ma mère, qui sans manière s'y était engagée.

– C'est moi, c'est Emad, continua-t-il. Tu te souviens de moi ?

Il semblait délivré d'une attente, comme d'un secret qu'il gardait avant notre arrivée. Quand ma mère se démit de ses bras, il passa, d'un élan vif, la manche de son pull sur son nez et ses yeux embués, tira sur son visage un sourire chancelant qu'un autre mot de ma mère aurait sans peine fait ployer. Il nous accueillit sous l'auvent de sa boutique, maudissant d'une main passionnée la pluie de nous avoir retenus si longtemps. Ma mère aussi était émue. Elle hochait la tête, machinalement, depuis plusieurs minutes, acquiesçait pleine de joie à cette rencontre et retenait, je le voyais aux mouvements de ses lèvres, une myriade de mots qui ne demandaient qu'à sortir, essayant pour l'heure de revenir à elle et d'aimer aussi fort qu'elle le pouvait la beauté silencieuse de ces retrouvailles, qui facilement se passaient de mots. L'homme plongea la main sous la lumière blanche de sa boutique et nous regarda, fier de nous montrer ce qui lui appartenait.

– Voilà, c'est ici, dit-il. L'atelier de votre père, c'est moi qui l'ai racheté. Quand il est parti en France pour se faire soigner, votre papa, ils ont décidé de vendre l'atelier. Alors moi, je l'ai racheté. J'ai appris, vous savez. Je suis désolé. Votre papa et moi, on était intimes. Vraiment très intimes. Oui, Simon, c'était un des nôtres. Ici, on disait que c'était un fassi.

Je n'étais pas sûr de comprendre. Un fassi, ça ne m'évoquait rien. J'ai pensé qu'il avait essayé d'exprimer quelque chose, de dire un mot en français, un mot savant, disait son air fier, qu'il avait écorché. Ou peut-être l'avaient-ils affublé, mon grand-père, d'un petit sobriquet, car il allait droit au cœur de ma mère qui y avait porté sa main.

L'homme disait la vérité. Il avait été proche de mon grand-père, il l'était encore. Après sa mort, il avait pris cet atelier, comme le legs d'une amitié durable, qu'il faisait durer seul désormais, et qu'il avait transformé en boutique de souvenirs et continuait à sa manière de protéger. Pour ça, ma mère le remerciait, lui, l'ami devenu le veilleur de son père. Si nous étions passés à un autre moment et que l'homme n'eût pas été là, jamais ma mère n'aurait soupçonné qu'une intime vérité se murait ici, sous la stricte blancheur qui habillait chaque chose. Une curiosité inavouée la mettait en mouvement, avec retenue elle jetait à l'intérieur de l'atelier métamorphosé quelques coups d'œil, mais ne voulait pas y entrer, effrayée d'aller là où elle n'était jamais allée, ou de brûler par sa seule présence l'huile des lampes du passé dans ces lieux qui, depuis longtemps déjà, s'en étaient affranchis. Je voyais à ses yeux en mouvance qu'elle assemblait seule les nuées de souvenirs qui, derrière les vitres poudrées d'une pruine de peinture blanche, défilaient devant elle. Il me semblait, à moi, qu'elle était réjouie d'apprendre que tout pouvait être là, que ses souvenirs y vivaient bien et prospéraient, mais elle n'avait pas besoin qu'ils la voient en retour, car elle avait de ce passé une image arrêtée que le spectre de son père tailleur ne pouvait retoucher de bon gré.

– Tu vois, me dit-elle, c'est là qu'on venait quand on était petits et qu'il faisait ses costumes. J'ai reconnu la rue, je voulais lui montrer, reprit-elle à l'adresse de l'homme.

– *Mzien*, il est beau. Et votre maman, ça va ?

– Justement, on va aller la chercher, elle nous attend à côté. Elle vient ici parfois ? demanda-t-elle.

– Non, elle ne vient pas, dit-il. Jamais.

Nous avons salué Emad et nous sommes repartis. Et j'ai eu l'impression, même s'il n'était pas là, d'avoir vu mon grand-père. Emad l'avait en lui. À Marrakech, l'Arabe a quelque chose de juif en lui. Des parcelles de notre identité se sont réfugiées là, en eux, comme quelque chose de profondément intime. C'est ainsi, l'Arabe garde le juif. Il le protège. Il couve ce qu'il en reste. Tout ce qu'il reste de lui, tout ce que le juif semble n'avoir pas pu prendre le jour du grand départ. Tout ce qu'il a été contraint de laisser. Tout ce qu'il est, rien de plus. C'est aussi tout ce que l'Arabe n'a pas su laisser partir. Tout ce qu'il a pu retenir, quand ils se sont quittés.

Ma grand-mère attendait notre retour, assise sur le tabouret du bijoutier devant la console. L'ennui l'avait fait tremper ses mains dans le petit monticule cendré de fer et d'argent, cherchant s'il y avait caché là une pépite qui avait de la valeur. Nous l'avions surprise. Elle leva les mains, d'un air innocent, croyant que le bijoutier qui avait, selon toute vraisemblance, déserté sa boutique, était enfin revenu. En moins de rien, elle débarrassa ses mains des particules d'argent qui s'y étaient accrochées et tendit à ma mère l'aumônière qui contenait le petit bracelet au fermoir réparé.

– Il a dit qu'il avait une course à faire et qu'on devait juste claquer la porte en partant, dit-elle.

Nous prîmes un taxi, sur la place des Ferblantiers, qui nous ramena au Guéliz. Le trajet avait suffi pour que le ciel ennuagé se livre à la nuit froide. Nous trouvâmes, dans les armoires de ma grand-mère, le réconfort souhaité de laines épaisses, que nous enfilâmes sans attendre, car le vent du soir s'insinuait sous les traverses des portes vitrées du salon. Et nous terrâmes nos pieds trempés dans des chaussons à l'intérieur duveteux, pour les sauver du carrelage froid. Dehors, il pleuvait à torrents, et le Guéliz se vidait aux cliquetis de la pluie sur les tôles d'acier et la pierre de l'avenue. Réfugiés dans l'entrée, nous avions fermé une à une les portes du salon, de la cuisine et de la chambre pour que le souffle piégé entre nos mains unies finisse par réchauffer la pièce. Sur la table basse s'allongeait le butin de notre journée. Le bracelet de ma mère et deux sacs en plastique, à ras bord remplis de *bakhour* que ma grand-mère, morceau par morceau, déplaçait dans une cassette à bijoux avant d'essuyer ses mains noires dans son mouchoir froissé. Ma mère, pelotonnée sur son fauteuil, frottait ses bras, reniflait et grelottait à dessein et faisait mine de claquer des dents pour signifier à ma grand-mère que le froid la grippait.

– Je vais sortir la menthe, dit ma grand-mère.

Je l'accompagnai à la cuisine. Elle avait pour façon de ranger des bottes de menthe fraîche dans des torchons humides qu'elle gardait au frigo, ainsi la fraîcheur en était préservée. Dans une théière en argent, elle en pliait quelques tiges, y ajoutant certaines feuilles solitaires, laissant l'eau frémir et infuser sur le feu. Cela suffisait pour que nous appelions ça du thé à la menthe, quand bien même nous ne mettions pas de thé, car le thé à cette heure apportait la promesse d'un sommeil contrarié. Et le sommeil l'était déjà bien assez. Mais nous y laissions infuser des fleurs d'oranger et des brins de *chiba*, ou d'absinthe, dont les feuilles vert blanchâtre amenaient une certaine amertume.

Le samedi soir, pour terminer le shabbat, ma grand-mère soufflait aux braises éteintes d'une vieille tradition. Parée d'un petit bouquet de menthe qu'elle glissait sous nos nez pour que nous en humions le parfum, elle en frappait, d'une main vive, nos poignets pour qu'alors tous les arômes s'en révèlent. Elle racontait qu'à shabbat notre fragment d'âme le plus sacré dont nous avions été privés regagnait notre corps. Après shabbat, il allait aux cieux où il s'établissait loin de nous, jusqu'à ce que, sept jours plus tard, il nous revienne, l'éclat manquant de nos âmes imparfaites. Dans cette histoire, nous essayions de le retenir au moyen des enivrantes effluences de la menthe fraîche. Pour qu'alors, pris à l'hypnose de ce parfum, il se décide à demeurer à l'intérieur de nous, colmatant les brèches de nos âmes démunies, faisant de nous des êtres achevés. Ma grand-mère, d'un geste précis, frappa mon poignet avec les tiges. Le parfum de la menthe fraîche jaillit de son geste et monta jusqu'à moi. Je les imaginais par dizaines, nos esquilles d'âme, s'amasser au monte-charge sur la cime des montagnes sacrées et descendre à la file tout en bas dans la vallée où nous les attendions, brandissant des pancartes que nous avions, chacun, marquées de leurs noms. Elles se pressaient, nos esquilles d'âme sacrées, se jetant à nos bras, se mêlant à nos corps pour qu'on ne fasse plus qu'un. Et nous voilà à frapper nos corps avec des bottes de menthe, pour qu'elles ne nous quittent pas.

Ma grand-mère frappa à nouveau. Cette fois, je ne l'avais pas vue venir.

– Elle a essayé de partir, je l'ai sentie, me dit-elle. Tu as faim, *mchikpara* ?

– Oui, un petit peu faim, dis-je.

– Mais ne t'embête pas, maman, n'apporte rien qu'un petit peu de poisson et de pain, dit ma mère.

Ma grand-mère acquiesça, nous laissant entendre qu'elle finirait d'abord ce qu'elle avait commencé. Je la regardais poursuivre son rite. Après moi, c'était au tour de ma mère de tendre son poignet, pour tenter de retenir à l'intérieur d'elle le bout d'âme prêt à fuir – censément plus docile, c'était ce qu'il fallait en penser, car un seul coup avait suffi pour que ma grand-mère cesse, prétendant qu'elle avait frappé à l'endroit même qui le ferait s'installer. Elle regardait ce qu'il restait de la tige aux feuilles tombées sur le carrelage. Une feuille, modeste et brunie aux bords, qu'un rien décrocherait, se prêtait à l'examen de ma grand-mère, qui d'un regard amusamment magnanime décida de la remettre à son torchon humide. Elle ne s'était pas prêtée, quant à elle, à la drôle de cérémonie de la *Neshama*. Ça ne m'avait pas échappé. Avait-elle piégé à jamais son esquille d'âme sacrée ? Ou peut-être celle-ci ne souhaitait-elle plus descendre des cimes pour regagner le corps de ma grand-mère, dérangée qu'elle était aussi par l'incessant verbiage du bruit ?

Autrement, c'était une éventualité que ma grand-mère elle-même refuse de l'accueillir dans de telles conditions.

– Dites, c'est quoi un fassi ? demandai-je.

– Un fassi. Un qui vient de Fès, dit ma grand-mère.

La tête tournée, c'est ainsi qu'elle avait fini de rendre sa réponse, d'un air sévère. Il y avait là une faille que ma question avait, à mon insu, entrouverte, un filon douloureux dans une mine condamnée. Je l'avais blessée. À l'entrée de son cœur, j'avais pris comme semblable à tous les autres le mur d'un décor factice et fragile qu'on renverserait sans peine à deux mains pour y découvrir derrière une pièce flétrie par la contrariété. J'avais posé la mauvaise question, et je l'avais compris. Feignant de ne pas m'avoir entendu, ma mère gardait les yeux rivés sur la table basse, déposant dans l'assiette sans discontinuer des morceaux de poisson dépiautés alors que nous ne mangions plus depuis un moment déjà. D'un regard minéral, ancré là pour empêcher quelque flot d'émotions de mettre son cœur en désordre, elle se décida à parler, d'une voix glaciale et monotone, comme échappée des murs d'un quai de gare.

– Un fassi, c'était un juif converti à l'islam, de force. On appelait ça des *Bildiyyin*. C'était il y a longtemps. Aujourd'hui, si un Arabe dit qu'un juif est un fassi, alors c'est une expression pour dire qu'il est si proche des Arabes, ici, au Maroc, qu'on a oublié qu'il était juif.

– Pourquoi cette question ? demanda ma grand-mère.

– C'est Emad, on l'a vu, dit ma mère. Tu savais toi qu'il avait repris l'atelier de papa ?

– Ah, vous êtes allés le voir celui-là ? Qu'est-ce qu'il vous a raconté encore ?

Ma grand-mère s'était levée pour débarrasser la table et la conversation avec, marchant les mains pleines vers la cuisine, traçant le sillon d'une colère que ses pieds martelaient sur le carrelage froid. Elle mettait la vaisselle sens dessus dessous dans l'évier pour faire le plus de bruit possible et étouffer les mots de ma mère qui s'époumonait à conter la fin de cette histoire que ma grand-mère ne voulait pas connaître.

– Il a dit que papa et lui étaient intimes ! Très intimes, répondit ma mère.

Depuis les fauteuils, nous entendions ma grand-mère dans la cuisine maugréer à mi-voix et se racler la gorge d'un amalgame de bruits qui disait là son exaspération. Elle ne voulait rien savoir. Si elle savait, c'étaient des histoires à ne pas lui redire, et ma mère n'insisterait pas.

– Qu'est-ce qu'elle dit ? demandai-je à ma mère.

– Elle est en colère, murmura-t-elle. Elle sait qu'ils ont fait les quatre cents coups. Les micmacs, les fêtes, les casinos et les femmes. Voilà, c'est ça, être très intimes, dit-elle.

Ma grand-mère passa la porte de la cuisine et s'exaspéra de nous trouver chuchotant toujours au même propos. La colère figeait son visage derrière un masque de fatigue. Les commissures de ses lèvres tombaient, prolongées par des rides tracées au crayon noir jusqu'à la pointe de son menton, donnant à sa bouche tout entière l'allure détachable de celle du pantin de bois d'un ventriloque fâché. Les lignes de son cou se tiraient jusque-là comme deux cordes raides prêtes à céder, et ses yeux serrés s'étaient assombris à cette humeur brumeuse. Exténuée, le dos arqué, elle finit par se laisser tomber sur le grand canapé, lassée de nous entendre, pressée de retrouver la paix et le calme que nous avions chassés en réveillant les morts.

On ne parlait pas de mon grand-père. Jamais. Ce n'était pas la peine. De la peine, il semblait en avoir suffisamment fait autour de lui de son vivant, alors rien ne servait de le convier maintenant qu'il n'était plus. Si d'aventure j'interrogeais ma grand-mère à son sujet, elle trouvait bon de me répondre en tournant invariablement la tête, et de m'enjoindre à renoncer d'un geste de la main, qu'elle accompagnait de trois mots empreints d'une patente tragédie. « Oh, tu sais. » J'ai toujours pensé que les émotions qui traversaient ma grand-mère alors vivaient avant de naître, parcouraient les mondes avant d'être comprises. Et que, devant son incompréhension ou son impuissance à dire, elle dispensait à qui voulait savoir ces trois mots comme s'ils savaient mieux qu'elle, qu'ils comprenaient ce qu'elle ne pouvait dire.

Il y avait eu de la souffrance, il y en avait encore. Bien que je ne prétende pas connaître la trame de cette étoffe tissée par leur amour, non plus que l'amour qui les avait liés dans la vie partagée, je savais qu'il avait laissé derrière lui, mon grand-père, une femme aux prises avec sa souffrance et n'ayant à portée de la main le moyen de la renverser seule, choisissant pour mener cette lutte la colère comme vaine arme. Traître alliée, la colère, parce qu'elle ne pouvait rien réparer, parce qu'elle ne pouvait l'apaiser, parce que devant ses échecs répétés elle prenait plus de place qu'il ne lui en avait été donné dans les langes du deuil de ma grand-mère. Elle était devenue grande, si grande qu'on ne voyait plus qu'elle, trop grande pour qu'un seul être puisse en être l'objet. Il fallait à cette colère un monde pour pouvoir s'exprimer, d'aventure ma grand-mère en avait un à offrir. Le vieil homme l'avait laissée seule avec cette colère. Maintenant, seule avec ce bruit.

Mais il y avait une chose autrement plus intime. Simon était devenu le fassi. Il nous avait quittés ainsi, en fassi, par la volonté d'autres, qui l'avaient enlevé à ma grand-mère. Et quand l'oubli a toqué aux portes pour emporter les juifs vers une autre terre, alors les Arabes l'ont caché. Ils ont trouvé que le judaïsme de Simon était une chose qui pouvait finalement ne pas exister. L'accepter, c'était peu pour empêcher qu'il parte avec tous les autres. Ils l'ont grimé, pour prétendre que ce n'était pas celui que l'oubli était venu chercher. Par fraternité. Par amour. Par désir de l'accepter encore, non comme un autre mais comme un semblable. Pour évincer l'oubli, pour vivre davantage, il était devenu l'un des leurs. Mais qu'ont-ils fait seulement, les hommes, pour échapper à cet immense élan du monde ? Et s'est-il laissé faire, Simon ? Aujourd'hui, il vit caché. Aujourd'hui, le vestige de son vieil atelier lui-même est caché sous le poids du factice qui veut tromper les gens. Mais enlever Simon, c'est enlever l'amour. C'est essayer, par de pauvres moyens, de cacher tout ce qu'elle a. Tout ce qu'elle est. Aux yeux de tous, de cacher son amour. C'est l'effacer. C'est faire d'elle une fassie car leurs destins sont liés. Pareil amour ne sait être effacé, ne sait être fassi. Comme il ne sait vivre seul. Il est, ici, l'objet de sa colère. L'amour devenu le manque. Il est la solitude, qu'elle habite désormais, pour faire front à l'oubli. En vérité, Simon n'est peut-être pas mort. Seulement, il n'appartient plus à une personne. Il appartient à tous, bien qu'elle ne le veuille pas. Bien qu'il ne soit plus là. Il s'étend, Simon, entre l'Arabe et le juif. Le visible pour elle, l'invisible pour les autres. Elle l'aime ici, et eux l'aiment là. Chacun a trouvé un lieu où il respire encore. Un lieu où il est bon de l'aimer. Mais il semble n'y avoir d'entre-deux où ils peuvent l'aimer ensemble. Car l'avant, le merveilleux, n'est plus. Il n'est plus question de créer à deux, mais de posséder seul. Au grand départ, les quartiers, les rues, les maisons, les joies, le jour, la nuit, tout a été séparé. Pour ceux qui sont restés, pour ceux qui sont partis. Mais l'amour, personne n'a vraiment su quoi en faire. Il est devenu cette chose étrange, piégée entre les mondes, à la séparation, que chacun fait vivre à sa manière. Il est à chacun, et à personne. Il parle, et ne dit rien. Il ne parvient même plus à s'exprimer. Il est bruit qui flotte sous le grand plafond noir. C'est tout ce qu'il en reste. Car ma grand-mère veut se rappeler qu'il existe. Elle refuse, au réveil un matin, l'amnésie, la croyance que l'amour n'a jamais existé. Car si l'amour n'est pas, alors à quoi bon ?

– Maman, demain on va à l'Ourika ? demanda ma mère.

– Si Dieu veut, répondit ma grand-mère. À quelle heure tu as dit au chauffeur de venir nous chercher ?

– À neuf heures.

– Alors on va se coucher, dit ma grand-mère.

Nous avions ouvert les yeux, ma mère et moi, aux sifflets de voix subulée d'une petite souris coincée sur une tôle en acier, dans les combles de l'immeuble. Enfin, nous avions cru, avant de voir ma grand-mère debout, les pieds joints, sur son lit. Son corps raidi se tenait en équilibre, chancelant dans sa longue gandoura, et les lattes de son lit crissaient de petits bruits aigus sous ses pieds. Les cheveux en pagaille, elle faisait osciller vers la droite, vers la gauche, un encensoir en terre cuite suspendu à une petite chaîne de fer qu'elle avait enroulée à son poignet. La senteur du *bakhour* ce matin, semée dans la chambre obscure et close, était amère. Il ne partageait en rien le parfum d'hypnose que nous avions prisé hier, préférant aujourd'hui pour nous arracher au sommeil le remugle animal d'une étable en feu, du fourrage et du fumier brûlé. La fumée, au-dessus de nos têtes, échappée du *bakhour*, s'essayait à suivre la trace de l'encensoir ballotté par la main de ma grand-mère, pour s'y loger. Elle admettait, la fumée, qu'elle ne pouvait marcher sur le sentier imprévisible et irrégulier que ma grand-mère traçait, condamnée alors à peupler la pièce d'un voile de brume épaisse. C'était irrespirable. Des cendres, comme des confettis brûlés de papier noir, traversaient en suspension la chambre, avant de retomber froidement sur nos lits.

Nous avions essayé de lui parler, mais elle ne nous entendait pas, subjuguée dans la transe qu'imposait le rituel sous-titré d'incantations en arabe, accompagnant son geste de pendule. Il semblait même qu'elle ne nous voyait plus, que nous n'étions plus et qu'elle était ailleurs, dans un monde parcouru par les ombres, entourée d'un cénacle d'esprits qu'elle chassait à la lueur de sa lanterne de *bakhour*. À la faveur de ses fumées, elle se frayait là un chemin, jusqu'à ce que tout dans l'encensoir ait brûlé, ne soit plus que cendres, et qu'alors, triomphant des esprits, elle puisse revenir à elle, et à nous. Cela prenait du temps, et si les esprits ne se décidaient pas à rendre les armes devant son implacable volonté, nous si. Nous partîmes, ma mère et moi, nous réfugier au salon, chassés par les asphyxiantes vapeurs du *bakhour*.

Dans l'entrée la grande horloge indiquait huit heures. Il y faisait plus froid encore qu'hier au soir. Nous nous étions réfugiés là, ma mère et moi, autour de la petite table, emmitouflés dans nos pulls de laine drue, serrant à deux mains nos tasses de café chaud. Transis, nous ne nous parlions pas, attendant patiemment le retour de ma grand-mère parmi nous, regardant tout autour de nous les centuries d'objets, de figurines, de photos tenues en rangs partout, sur les tables, les étagères, les dessus des armoires. Dans cet appartement, le vide ne se rencontrait pas. Remercié à chaque endroit par des dizaines, parfois même des centaines de choses qui composent ensemble un tout d'incohérence, le vide ne peut plus exister. Le silence non plus, d'égale considération. Tout doit être. Être là. Je les regarde toutes ces vieilles amulettes, ces reliques, s'animer, prendre vie par la posture que les deux doigts exigeants de ma grand-mère leur ont, à toutes, donnée.

La porte de la chambre s'ouvrit. Annoncée par un soupir bruyant, ma grand-mère avait surgi dans un nuage de fumée. Elle avait le regard vague, le dos courbé, le visage serré par la frustration. Elle rendit tout son corps, d'un mouvement d'abandon, au grand fauteuil. Elle était exténuée, ses forces diminuées par le combat, par cette gigantomachie qui l'avait opposée, depuis les premières lueurs de l'aube, aux escadrons d'esprits malfaisants, aux manifestations titanesques du bruit. Nous avions compris, ma mère et moi, qu'elle avait essayé avec fougue, mais qu'en dépit de sa volonté elle avait échoué.

– Il est très coriace, nous dit-elle.

– *Shkoun* ? Le bruit ? Décris-le-nous.

– Il est très grand, avec le regard noir. Il porte un grand turban, avec beaucoup de plumes. Et une tunique. Il est reparti là-haut maintenant, dit-elle en levant l'index au plafond. Il a dû prendre les escaliers.

– *Safi*, ça suffit maman, tu deviens folle, je crois, dit ma mère. Je vais aller les voir, moi, les voisins.

Ma grand-mère avait été brusquée, déracinée de son fauteuil, par la simple évocation de cette idée à laquelle elle ne consentait pas. Elle se fâchait d'apprendre que ma mère était prête à s'en mêler, car cette affaire ne concernait qu'elle et ce bruit, et ne souhaitait dans ce démêlé aucune main amicale. Elle partit, fulminante, dans la chambre, et claqua d'une main cassante la porte derrière elle. La scène n'arrêta pas ma mère qui monta la voix pour que ma grand-mère, derrière la cloison, l'entende.

– Non mais c'est vrai, ce n'est plus possible. Si c'est eux qui font le bruit, il faut que quelqu'un aille leur parler. Tu ne peux pas rester comme ça, maman ! criait-elle.

Ma grand-mère ressortit aussi sec, le visage celé derrière le col montant du grand pull au travers duquel, par des gestes nerveux, elle essayait de faire passer sa tête. Elle parlait contre ma mère, sans s'adresser à elle, répétant, emprisonnée dans son pull, qu'elle était bête, et que ce n'étaient là pas ses affaires. Sa tête reparut en un éclair, comme un petit champignon d'une terre humide, et il y avait dans son allure quelque chose d'hilarant qui ne put retenir nos éclats de rire à ma mère et à moi. Car le tricot de laine, usé par les années, était tout déformé et prêtait à ma grand-mère un air ventripotent sous ce grand col montant, qui comme une minerve paralysait son cou. Pour regarder ailleurs, là où nous n'étions pas, où elle ne nous verrait pas, elle devait bouger tout son corps, et contre tout ce qu'elle disait elle apparaissait comme quelqu'un qui avait grand besoin d'aide. Ma mère, bien décidée à arranger les choses une fois pour toutes, quitta l'appartement et se mit à monter deux par deux les marches de l'escalier jusqu'à la porte des voisins, ce qui donna à la situation une semblance absurde où nos rires mêlaient le non-sens à la gravité de l'instant et à la colère empreinte de peur qui poussa ma grand-mère à son tour jusqu'aux premières marches.

– Descends, Annie ! Le chauffeur va arriver, allez, Annie ! criait-elle. *Hchouma*, la honte, il est trop tôt, elle va les réveiller, me confia-t-elle, désespérée.

Les coups de ma mère sur la porte de bois résonnaient dans l'immeuble. Elle ne prêtait pas attention aux appels de ma grand-mère, de cris et de sanglots entremêlés. Un étage en dessous, nous attendions que la porte s'ouvre et que quelqu'un surgisse, dans le silence pesant qui succéda aux volées de coups de ma mère. Et je sentais la panique gagner ma grand-mère. Ma mère s'y reprit à trois fois, mais rien. Personne ne vint. Les voisins, à l'évidence, n'étaient pas là aujourd'hui. Nous étions seuls dans l'immeuble. Marche après marche, elle redescendit pour nous trouver au seuil de la porte, par laquelle les dernières fumées du *bakhour* s'échappaient, laissant derrière elles leur trace radoucie par l'air frais.

Sous les combles du grand ciel gris, Bouriel attendait sur l'avenue, adossé à son taxi jaune. Le moteur de la voiture à l'arrêt tournait encore, sciemment aurait-on dit, pour ne pas rendre l'âme par un malheureux hasard, et soufflait par le pot une fumée épaissie par le froid. La pluie battante du Guéliz n'avait pas poussé l'homme à trouver refuge sous les arcades, mais plutôt à revêtir la grande capuche pointue de sa djellaba grise. Derrière sa laine feutrée, il se gardait du froid, impassible. Ma grand-mère, la main sur la tête pour contredire la pluie, se dépêcha de le rejoindre, afin qu'alors l'homme lui ouvre d'une main volontaire la porte de sa vieille voiture, qu'elle garda ouverte, nous enjoignant de la rejoindre. Ma mère lui fit signe de fermer la porte, dit à Bouriel d'attendre un instant et à moi de la suivre tandis qu'elle sinuait entre les chaises du café voisin pour y trouver à l'intérieur le propriétaire, qu'elle connaissait bien.

– Bonjour, madame, vous allez bien ?

– Bien, merci. Sidi, tu as vu les voisins ce matin ?

L'homme ajusta une petite grimace d'incompréhension, alors ma mère reprit :

– Là-haut. Au deuxième étage, dit-elle.

– Ah. Ils sont partis, madame.

– Ah, d'accord. Tu sais quand ils vont revenir ? demanda-t-elle.

L'homme ouvrit grand les yeux, gonfla les joues exagérément pour nous faire savoir qu'ils ne reviendraient pas demain, avant de tendre ses mains ouvertes et de baisser l'un après l'autre ses doigts pour compter.

– Dans trois mois, en juin prochain.

Nous repartîmes auprès de ma grand-mère, gênés de cette vérité qu'il nous avait confiée, car d'évidence elle n'en était pas ignorante, et malgré cela, elle tramait cette histoire de toutes pièces et s'en faisait l'écho, nous gardant, nous, dans l'ignorance. Elle s'accrochait, avec constance, à cette cause-là – pourquoi, nous ne savions pas –, et à désigner pour auteurs de ses tourments ceux qui ne pouvaient l'être car ils n'étaient pas là.

Nous nous étions assis ma mère et moi à l'arrière, ma grand-mère à l'avant. Bouriel, déjà, roulait, silencieux, les deux mains arrimées à son volant de cuir désagrégé, et les oreilles au murmure grésillant de son vieil autoradio. Le regard de ma mère, rivé à la fenêtre où la pluie ruisselait, laissait voir que mille pensées l'avaient emmenée loin, à lutter sans succès pour comprendre toutes les obscures raisons qui avaient poussé ma grand-mère à composer pareille fabulation. Je la sentais inquiète, ma mère.

– Tu vas voir, dit ma grand-mère. Tout à l'heure, quand ils seront revenus, tu entendras le bruit.

– D'accord, maman.

Elle ne consentait pas à lui avouer qu'elle savait la vérité, que nous l'avions apprise quelques instants plus tôt. Pas maintenant, en tout cas, alors que le jour nous engageait sur les routes des pèlerins et que la colère de ma grand-mère ne pouvait être laissée à gâter le calme et la sainteté du voyage. Si ma mère renonçait, à cet instant je le savais, c'était pour cette raison, mais aussi et surtout parce qu'il y avait, celé derrière le mensonge, quelque chose à saisir que ma grand-mère elle-même ne parvenait pas à comprendre. Devant ce constat, les mots n'étaient d'aucun secours. Il ne fallait rien dire de ce que nous savions, pour l'heure, m'avait-elle murmuré. Nous traversions d'un élan sage les rues froides du Guéliz, pour voir peu à peu disparaître sous nos yeux les contours de la ville.

Les lignes sans fin de bitume paraissaient en retour, à perte de vue, tracées dans l'immensité des plaines de terre sableuse, et nous les empruntions, en direction d'Achbarou.

Le vent froid s'insinuait par la fenêtre, à l'avant, que Bouriel avait laissée ouverte. Emmitonné dans sa djellaba grise, il regardait la route et le croissant de lune en fer suspendu à son rétroviseur et qui oscillait comme une rose des vents au-devant de notre petite barque, qui voguait à vive allure dans les plaines désertiques, contre le vent et le déluge. Si le vent nous glaçait, ma mère et moi, nous qui avions enlevé nos pulls en laine pour les coucher sur nos jambes comme des couettes, elle ravigotait Bouriel, en récompense, qui s'y accommodait pour rester éveillé et prudent sur les longues routes assoupissantes où nous roulions. Nous recueillions sur nos visages transis, comme les embruns d'une mer agitée, la bruine portée par le vent.

Un hasard nous avait menés à Bouriel, et Bouriel nous menait, à travers le désert, aux asiles saints qu'aucun panneau n'indiquait. Je le regardais, le vieil homme, dans le rétroviseur. Sous la capuche pointue comme les monts de l'Atlas, une petite calotte noire brodée d'étoiles blanches avait trouvé sa place, épousant parfaitement la forme de son crâne, comme si l'homme avait sur le sommet de sa tête un morceau de ciel découpé dans la nuit. Des lunettes aux verres rayés résistaient sur son nez à la poussée de sourcils broussailleux d'un blanc nivéen, et gardaient à l'abri de la pluie ses yeux creusés sous des paupières tombantes. De la barbe imparfaitement rasée, qui découvrait deux joues rondes et rosées, et cerclait un grand sourire sans adresse, diligenté par quelques pensées gaies, ou peut-être par rien, s'établissait fière une tendresse sans égale. La bonhomie n'avait plus aimable logis à habiter que le visage de Bouriel. Je le voyais cligner des yeux, sans trêve, de connivence avec le monde et dialoguant sans un mot, de tout temps avec l'immensité étendue devant lui.

Par-delà les vitres embuées, l'infini des steppes de terre et de sable s'allongeait jusqu'à l'horizon du monde disparu. Il n'y avait plus rien. Rien de plus que les nappes sans fin de terre brûlée, courtisées par le vent dénudant par endroits et recouvrant par d'autres de mièvres mottes d'herbe cendreuse. Nous les chassions des yeux dès qu'elles surgissaient des couches de sable, ces petites poussées de vie disgraciées par la nature elle-même. Le lointain élevait les monts rocheux du Haut Atlas. Ils bordaient les confins, infrangibles comme autant de mains cachaient ensemble le corps nu du désert aux yeux du monde indiscret. Sous les pics enneigés, le feutre tenu par la main maladroite de la sécheresse donnait à la roche noire l'allure du fer. Les reliefs tranchants des montagnes contremanderaient toutes les velléités des esprits téméraires qui l'espace d'un instant s'estimeraient capables de les gravir. Alors par-delà les monts de fer, il n'y avait rien qui pouvait être vu.

Aux immensités hostiles, le dépeuplement. Les plaines de sable calleux n'accueillaient que l'errance ou les tentes des campements de fortune. Il n'y avait, aussi loin que nos yeux pouvaient voir, pas un homme qui s'était éloigné de la route pour marcher dans les steppes. Ce n'était là que le lieu du passage fugitif, rien que des traversées pour les hommes appelés vers le sud. Ils roulaient sans frein, sans arrêt, capables de s'émerveiller devant cet infini, incapables de le toucher du bout des doigts pour s'assurer seulement que tout ceci n'était pas un mirage controuvé par leur imaginaire.

– Alors, tu retiens la route, hein ? me demanda ma mère.

Elle était amusée, car c'était impossible. Je ne savais même dire, avec exactitude, depuis combien de temps nous allions sillonnant les grandes plaines. Ma grand-mère s'était endormie à l'avant. Je m'étais laissé bercer au bruit de la pluie qui tombait sur les vitres et, contemplant l'horizon, j'avais cédé sans résistance mon attention et ma présence d'esprit à Bouriel qui, lui, ne se laissait pas tromper par la beauté souveraine de ces terres désolées. Il connaissait ces plaines et les routes qui les traversaient comme s'il y était né. Il connaissait l'inconnaissable, l'infinie vacuité, où les joyaux d'une mémoire juive, jonchée de poussière et de sable, nous avaient échappé. Bouriel les avait arpentées, de toutes les vies qui lui avaient été données, en échange de quoi l'homme leur appartenait. Il était devenu, au gré d'une alliance avec Dieu, le passeur arabe des juifs rappelés au *Zakhor*[1], à l'exercice de mémoire, dans le désert du Haut Atlas ; le nautonier, le gardien séraphique de nos récits mis en terre. Et Dieu traçait pour lui, de sa main de titan tombée du ciel brumeux, la route où nous allions. Sans Bouriel, il n'y avait pas de voyage, comme il n'y avait pas de route. Sans lui, il n'y avait que l'exil et l'oubli, et la promesse certaine qu'ils soient irréparables.

Nous quittâmes l'asphalte, piégés un instant dans les tremblements de la terre de gravier, pour dépasser un grand bus au corps bardé de fer rouillé et d'une pruine d'argile, qui roulait lentement. Derrière ses vitres

1. En hébreu : « Souviens-toi ! »

ombrées, des dizaines de femmes et d'hommes amassés, serrés les uns contre les autres, étaient assis, silencieux et statiques le temps du long voyage, le regard droit, figé devant eux. Dans les vastes steppes il passait, ce convoi d'âmes aux visages peints par la sérénité, sans heurt sur le bitume glabre, vers les horizons blancs et vers la fin certaine. Un enfant debout sur un siège, par la vitre baissée, d'un ressaut de vie mais sans entamer la torpeur collective, passa sa petite tête, comme la pièce en fuite d'un puzzle parfaitement agencé. Sous ses boucles noires, deux yeux d'un bleu étincelant fixaient, contemplatifs, le lointain dans un dernier regard donné, prisant aux portes du monde la beauté souveraine qui avait emporté toute son attention. Je le regardais, souriant, conscient qu'il ne me verrait pas. Le moment lui appartenait, n'en déplaise à l'averse qui s'abattait sur la douceur de son visage, il était là, prêt à tout capturer, à crier aux oreilles sourdes du monde qu'il existait, saluant d'une main émue l'immensité qu'il quittait désormais.

Nous perdîmes de vue le bus, pris dans les vagues de brume, pour tourner sur un petit sentier aux démarcations incertaines, brouillées dans le sable et la pierre. Le sentier, plus haut, se ramifiait de ruelles escarpées et sinueuses, bordées de masures faites d'argile et de paille, entièrement détruites, inhabitées, avec pour toit le grand ciel gris, et pour fenêtres des percées, creusées avec les mains, toutes semblables à des nids d'oiseaux désertés. Nous traversâmes, à lente allure, le village sans vie, que les hommes avaient un temps peuplé de leurs fantasmes et de leurs vœux pieux d'abondance, jusqu'à ce que la terre elle-même s'avoue incultivable, et que le grand convoi passe pour tous les emporter. Bouriel se riva sur la tranche gauche du sentier quand un vieil homme encapuchonné, devant nous, apparut. C'était un berger. Pris dans la houle de son troupeau de moutons, le berger comme une ombre noire montait le chemin à la force de son bâton, et nous passâmes tout près de lui. Ses bêtes, exténuées par l'exode, amaigries, emboîtaient son pas sans penser, comme une phalange de somnambules, ne trouvant plus même la force de bêler. Elles imitaient, disciplinées, la résilience du vieil ermite, lui qui grimpait aux monts dans ce chemin de croix, prêt comme le patriarche à sacrifier ses bêtes pour les offrir à Dieu.

Tout au bout du sentier, il y avait une porte. Nous avions marqué l'arrêt, là, devant la peinture verte cariée par la rouille, et nous attendions. C'était une vaste enceinte faite d'argile, haute de trois mètres peut-être, et sans toit. À l'intérieur, il devait y avoir quelqu'un qui pouvait nous ouvrir, sans que l'un de nous n'ait à braver quelques mètres d'averse. Bouriel pensait que le bruit des pneus sur les gravats, que le moteur de la voiture qui tournait encore, sauraient indiquer notre présence à quiconque se trouvait derrière la porte. Mais personne ne venait. Dans le silence, nous avions fixé nos yeux sur la grande porte verte, suspendus à l'attente et au vœu pieux qu'une main l'ouvre. Ma grand-mère dormait encore, la joue collée à la vitre, la bouche ouverte. Bouriel avait enfermé le silence avec nous, pour nous garder de la pluie, ayant remonté plein d'allant la petite manivelle de sa portière. Nous n'entendions plus que les chuchotis de nos souffles embués et la friction timide de nos corps sur les fauteuils en cuir. Ma mère, confiante, ne se laissait pas entamer par l'attente, devenue longue maintenant. Elle regardait la porte avec la certitude qu'un homme se ferait jour, promettant sans mot qu'il était impossible que personne ne fût là. Il y avait toujours eu quelqu'un pour garder cet endroit. Elle semblait entrevoir, d'une infaillible netteté, le porte-clefs derrière le judas enchâssé sur la porte, qui nous examinait en retour, le juge de nos identités qui d'une sentence qu'il prononcerait bientôt nous ferait ou non entrer. C'était une question de temps. Nous nous prêtions, dociles et immobiles, à son examen. L'attente et la croyance que les portes finiraient par s'ouvrir me paraissaient absurdes. C'était certain pour moi, personne ne viendrait. Nous étions loin de tout, nous étions nulle part, après le dernier village oublié du désert, au grand seuil de l'inexistence, du refuge où, comme le temps, la vie ne se hasarde plus.

D'une paume franche, Bouriel klaxonna. Ma grand-mère sursauta et revint à la vie, respirant autour d'elle d'un élan spontané et puissant tout l'air qui lui manquait. Elle se recoiffa d'une main nerveuse, l'air de rien, cherchant à nous faire croire qu'elle n'avait pas cédé à l'appel du repos, et annonça :

– Voilà, c'est ici. Alors, qu'est-ce que vous faites ? On ne descend pas ?

– On attend, maman, dit ma mère. Il faut qu'il nous ouvre.

– *Yallah*, il faut aller toquer, reprit-elle, la main sur la poignée, prête à l'ouvrir pour affronter l'averse.

Bouriel lui fit signe de rester là, abaissa la capuche de sa djellaba jusqu'aux yeux et sortit. Nous le regardions, le moine gris, ouvrir de ses pas un chemin sous l'averse jusqu'à la grande porte. À ses pieds, il prit une pierre car ses mains glacées n'auraient pas fait grand bruit sur la porte de fer, et avec cette pierre il frappa sur la porte. Ensemble, ses heurts puissants forgèrent un écho rémanent parti s'effacer, loin de nous, dans les vastes plaines du désert. Après le fracas surgit de l'autre côté de la porte la voix assourdie d'un homme. Bouriel, qui tendait l'oreille, fit deux pas en arrière et leva les yeux à la grande porte pour s'annoncer.

Passé son cri, nous ne distinguâmes plus rien. Seulement le foin grave des voix entremêlées des deux hommes qui communiquaient ainsi, isolés par la porte, chacun retranché dans son monde, l'un sur terre, et l'autre dans l'au-delà certain. Bouriel nous souriait, fier d'avoir trouvé la fréquence et établi, d'un miracle évident, la connexion entre leurs deux séjours. Quand les deux hommes eurent fini de traiter, Bouriel revint à nous, hâté dans sa marche, et remonta dans la voiture. Les grandes portes de fer s'ouvrirent.

Lentement, nous entrâmes dans l'enceinte, appelés par les saluts d'une main haute et affable. Le gardien des lieux était un jeune homme d'une trentaine d'années, nanti par la nature d'un large sourire aux dents blanches, d'une gandoura noire, d'une paire de bottes de pluie recouvertes de terre, d'un ventre bien bombé qu'il portait à la force de son corps en se penchant vers l'arrière, et d'une pelle de labour. Les uns après les autres, nous descendîmes de la voiture pour nous réfugier, comme il nous encourageait à le faire, sous un petit auvent de tuiles près du mur. À l'abri de la pluie, je découvris le secret descellé que gardait le jeune homme au milieu du désert. Cette petite terre lui avait été confiée, à lui, le dernier rescapé de l'oubli. Derrière lui s'étendaient dans un champ clos des lignes de labour. De la glèbe humide surgissaient des pousses et des brins d'herbe d'un vert luminescent, d'une inexprimable merveille. Au pied des lignes de labour, l'homme avait piqué dans la terre calleuse de petits écriteaux marqués au feutre noir d'inscriptions en arabe, et imagés de photos de tomates, de laitues, de pommes de terre et de feuilles de menthe. L'homme nous conduisit tout près de son champ clos, afin que nous puissions voir de plus près les exploits qu'il était en train de réaliser là, et qu'il puisse en retour cueillir sur nos visages l'émerveillement. Au cœur des steppes stériles, sous le regard de Dieu, s'établissait le dernier rempart de la vie. À la faveur d'une opiniâtreté sans faille, l'homme avait donné corps au fantasme qu'aucun autre avant lui n'avait réussi à cristalliser. Une magie plâtrait les murs d'argile du séjour épargné par le temps et la sécheresse, auréolant la volonté de cet homme et le bois de sa pelle d'une couronne de lauriers, faisant de lui l'Abel dans le jardin de Dieu.

Dans l'enceinte, nous regagnâmes, hâtés par les appels de ma grand-mère, un petit chemin de terre. Nous avions laissé, près du mur sous l'auvent de tuiles roses, Bouriel et l'homme échanger quelques mots, emportés par la joie de leurs retrouvailles. Nous empruntâmes, ma mère, ma grand-mère et moi, les marches mouillées de l'escalier qui descendait jusqu'à la demeure de notre hôte, le saint défunt du séjour. Celui que nous étions venus pèleriner, le Rav Raphaël Hacohen.

Le saint habitait un palais dans le désert, érigé dans l'enceinte, un mausolée de terre brune aux façades lisses, habillé d'une grande porte au bleu céruléen et surmonté d'une ceinture de balustres blanches, depuis lesquelles nous pouvions voir s'étirer les monts du Haut Atlas. Sous la pierre, il dormait, alors sans trop de bruit ma grand-mère poussa la porte et nous fit entrer après elle, avant de la refermer. La blanche lumière entrait par les fenêtres, éclaircissant le mausolée obscur, révélant sur les murs la parure froide d'une mosaïque blanche, et au centre de la pièce une grande stèle de pierre édifiée sur le sol, à l'intérieur de laquelle le corps du saint patientait de toute éternité.

– Donne voir ton ventre, *mchikpara*, me dit ma grand-mère. Je vais te mettre l'huile.

Il y avait contre un mur une table où un petit creuset attendait, à ras bord rempli d'une huile colorée d'un jaune épais et dense comme la cire dernièrement fondue d'une bougie. Elle y plongea ses doigts, et sous mon pull que je tenais haut les passa sur mon ventre, humectant ma peau de l'huile froide et inodore. Elle essuya ses doigts sur sa gandoura et, d'un geste consentant, m'invita à recouvrir mon ventre, murmurant d'une voix chantante quelques psaumes en arabe.

– Allez, va, dit-elle. Ma fille, à ton tour.

D'égal accord, ma mère souleva son pull et laissa les doigts imbibés de ma grand-mère passer sur son bas-ventre. À son tour, ma grand-mère passa la main sous la toile de sa gandoura, tâchant de ne pas la relever pour ne pas finir nue dans le lieu consacré. Passé le rite, nous étions, selon la tradition que seule ma grand-mère connaissait, dignes d'entrer, de nous asseoir sur les bancs de pierre du mausolée et de prier son saint. Je ne me rappelais pas être déjà venu là. Ne sachant m'y prendre, je me mis à imiter les gestes de ma mère et me penchai sur la tombe du saint, y couchant mon visage blotti contre mes mains, y allongeant mon buste. Par instants, levant les yeux, je regardais le portrait de l'homme saint, encadré, tenu droit sur sa tombe, pointant l'évidente absence de familiarité qui nous liait, et par là mon incapacité à le prier ou le solliciter. Grande barbe blanche, traits ridés et regard trempé d'une grande complaisance juraient eux me connaître, et je les entendais me prier de les prier en retour, sans trop de questionnements. Ils se trouvaient aidés par ma mère, qui toujours ramenait mon visage à mes mains.

– Allez, prie, chuchotait-elle. Ici, c'est très important, demande ce que tu veux.

– *Yallah*, demande-lui une femme, dit ma grand-mère.

Je ris. Avant une femme, il y avait nombre de vœux que je pouvais exprimer, et cette idée-là seulement ne m'avait pas traversé l'esprit. Pourtant, pris au dépourvu, j'avais oublié ce qu'il m'était bien possible de désirer, et je me retrouvai sans le souhaiter vraiment, d'une inconnue raison, à prier le saint de me donner une femme, cachetant ma prière par un *amen* que ma grand-mère répéta après moi. Je me relevai. Ma grand-mère tira la laine de ma mère, lui demandant quelques pièces de monnaie qu'elle laisserait ici, sur la table près du creuset, en offrande à l'homme saint. Mais ma mère, importunée par son impatience, d'une main rétive repoussa la main tendue de ma grand-mère, car elle n'avait pas fini ses prières.

– Attends, maman, je prie, dit ma mère.

– Ah bon, bon, répondit ma grand-mère à cette évidence-là avant de se rasseoir.

– Et toi, mamie, tu n'as rien à demander ? Un mari, peut-être ?

– *Safi, safi.* Ça suffit, je suis vieille moi maintenant. Je ne veux rien, rien d'autre que la fin du bruit, dit-elle. Mais ça y est, j'ai déjà demandé.

J'allai m'asseoir près d'elle, abandonnant ma mère à ce tête-à-tête qu'elle souhaitait avec le saint et saurait faire durer, sans caresser l'ennui, bien plus longtemps que nous. Il y avait là une liste grande comme le monde de vœux à exaucer, de personnes à bénir, que nous pouvions distinguer, ma grand-mère et moi, par bribes dans ses murmures. Elle pouvait ne jamais se relever, mais le saint, savait-elle, finirait par être appelé ailleurs, au sommeil ou aux suppliques des autres. Lorsqu'elle eut fini, elle déposa sur la stèle un baiser de dévot, remercia le saint de l'avoir écoutée et revint parmi nous.

D'un pacte sans mot, nous avions décidé de rester un moment, à attendre, serrés les uns contre les autres. Sous le grand toit d'argile, entre les murs dallés, nous étions là, aux confins du monde, dans l'antre du silence, au milieu du désert, prétendant être plus proches de Dieu que nous l'avions jamais été. Pourtant, un instant, sous les yeux clignants de l'homme saint, nous ne savions plus si nous étions contents d'être venus là pour prier, ou priser la chaleur que le mausolée renfermait.

– Maman, il pleut très fort. Tu veux quand même aller à l'Ourika ? demanda ma mère.

– On va aller. Maintenant qu'on est ici, dit-elle.

Ma grand-mère escaladait les dernières marches, joignant ses pieds à chaque pas, agrippée à mon bras pour éluder la chute. Dans ces cas-là, elle avait l'habitude de me faire la conversation, de me parler de tout, de rien, pour me distraire, et je m'en attendrissais. Pas parce qu'elle était lente, mais parce qu'elle espérait me le faire oublier au moyen de bavardages ponctués par son souffle haletant.

– Tu sais, cette gandoura, c'est moi qui l'ai cousue. Ça fait trente ans que je l'ai, me dit-elle.

Les deux hommes attendaient sous l'auvent. L'un, d'un air contrit, blâmait la pluie d'attaquer ses semis. L'autre, Bouriel, regardait, amusé. La bienfaisance le motiva, quand il vit ma grand-mère, à quitter son refuge et à courir vers elle pour qu'elle puisse s'appuyer aussi à son bras. Ensemble, Bouriel et moi, les deux gardes du trésor royal, nous l'avons escortée jusqu'à la voiture. Nous nous y sommes engouffrés, retenus par les bénédictions du jardinier de Dieu qui avait glissé sa tête par la fenêtre ouverte de Bouriel pour nous saluer tous et nous souhaiter bonne route.

Nous reprîmes la route d'Achbarou en direction de l'Ourika. Derrière nous, les grandes portes de l'enceinte se refermèrent sur leur gardien, jusqu'à ce que la pierre des pèlerins prochains les somme d'offrir au monde l'aperçu du jardin merveilleux. Après les sentes de roches capricieuses du village abandonné, nous retrouvâmes le bitume lisse de la longue route. Par prudence, Bouriel nous avait suggéré d'appeler la gardienne du prochain séjour où nous devions pèleriner, celui du Rav Moul Asguine. Il fallait qu'elle soit là, autrement nous devions nous résoudre à faire marche arrière et reprendre la route jusqu'à Marrakech. Il avait sorti de la boîte à gants un petit téléphone à touches et saisi sans la moindre hésitation le numéro de la gardienne. À l'autre bout du fil, une petite voix mélodieuse, celle d'une enfant, parla à Bouriel, puis un silence suivit jusqu'à ce que la petite fille amène à sa mère la voix du chauffeur. À l'arabe, que je ne parlais pas mais savais reconnaître, avait succédé un mystérieux dialecte, aux sons cassants et au phrasé plus libre. J'interrogeai ma mère, mais toute son attention avait été ravie par la conversation entre Bouriel et cette femme, s'essayant à serrer et traduire des petits bouts de mots, car je le voyais, comme moi, elle ne parlait pas cette langue. Et comme celle-ci ne ressemblait à aucune autre, c'était à parier qu'ils l'avaient inventée, qu'elle était la leur, celle des gardiens de mémoire. Dans cette parenthèse de sens, ils parlaient sans que Bouriel ne se décide à rebrousser chemin, ce qui laissait entendre que notre pèlerinage ne s'arrêterait pas là.

Il raccrocha et remit le téléphone dans la boîte à gants.

– C'est bon, reprit-il. Elle est là.

– Tu es amazigh ? lui demanda ma mère.

– Oui, madame.

Une fois encore, j'interrogeai ma mère. Elle reprit :

– Amazigh. Comment dit-on, maman ? demanda-t-elle.

– Chleuh, berbère, répondit ma grand-mère.

Par association d'idées, et par suite d'une participation collective, nous étions parvenus à lever le voile sur le dialecte mystérieux, qui seyait à Bouriel et le rendait, à mes yeux, plus fascinant encore. Ma grand-mère non plus ne parlait pas berbère, elle dont je louais la sagesse de quatre-vingt-sept années d'existence au Maroc, elle qui, d'évidence, était plus âgée que Bouriel. Mais elle semblait ne jamais l'avoir souhaité. Je l'avais deviné à la manière qu'elle avait eu de prononcer le mot *chleuh*, d'un air vraiment très *chleuh* finalement, et bien que j'eusse juste entendu ce mot pour la première fois. « Chleuh », avec, figée sur son visage, toute l'épaisseur du mot, comme si un sirop de sucre lui collait les lèvres et qu'elle essayait de s'en démettre, en articulant distinctement. Pour autant, elle qui d'ordinaire aurait, sans que personne l'y oblige, justifié cet air qu'elle avait pris en contant de folles petites histoires, cette fois elle ne dit rien. Je la trouvais bien peu bavarde, ma grand-mère.

Depuis que nous avions quitté Achbarou, il y avait dans la voiture un bruit étrange. Une petite vibration, à peine perceptible, qui ne nous quittait plus. Nous nous en étions tous, sauf ma grand-mère, étonnés au moins une fois, le désignant tour à tour. Et de manière tout à fait curieuse, chaque fois que nous dénoncions sa présence, il disparaissait. Puis il reparaissait de plus belle, timide et discret d'abord, puis de plus en plus courageux et de plus en plus fort, avant d'être chassé encore par nos plaintes partagées. Bouriel avait promis deux fois que ce n'était pas le moteur, ni même le petit téléphone enfermé dans la boîte à gants. Et d'évidence, il disait juste que ça ne pouvait être ça. Car le bruit se présentait à nous, et nous quittait chaque fois, avec une allure humaine, pas mécanique.

– Maman, c'est toi qui l'as ramené ? demanda ma mère pour plaisanter.

– De ? demanda-t-elle.

– Le bruit, là, qu'on entend.

– Ma parole, je n'entends rien, répondit ma grand-mère.

Elle s'était, sans excès, offusquée de cette plaisanterie devenue pour elle le blâme qui l'obligeait à décoller sa joue de la vitre et à se retourner vers ma mère pour rendre un geste d'incompréhension. Mais à la vérité, le bruit, pareil à un bourdonnement, entrait par une minuscule porte près de ma grand-mère, invisible et que je ne parvenais pas pour l'heure à pister. C'était là, tout près d'elle, qu'il trouvait sa source et que je l'entendais. Je m'avançai doucement, embusqué derrière son siège, prêt à jeter mes filets dès qu'il se montrerait. Je n'eus pas à attendre bien longtemps, car ne me voyant pas il revint d'abord à pas feutrés, et sans délai je compris.

Ma grand-mère bourdonnait. C'était elle, à l'origine du bruit. Elle bourdonnait, comme une mouche perdue dans de grands tours sous une lumière blanche suspendue au plafond. C'était elle, et elle n'avait rien dit. Elle s'en cachait bien, la bouche fermée, le regard pensif rivé sur la grande route. Nous ne l'aurions pas soupçonnée. Nous n'aurions rien deviné. D'ailleurs, je serais seul car je ne dirais rien. Il n'y avait pas de sens à la dénoncer. Nous étions à des kilomètres du Guéliz, de chez elle et du bruit. Elle n'était pas en paix pour autant. Il y avait eu dans ce voyage la promesse qu'un moment le bruit disparaisse, cesse d'être et de la tourmenter. Elle pouvait se laisser aller à cette idée-là, courir aux bras du calme retrouvé, même si ça ne durerait pas. Mais elle ne voulait pas. Elle l'avait amené. Le bruit voyageait avec nous et, comme à nous autres, pèlerins, une place lui avait été promise dans la voiture de Bouriel. Ma grand-mère l'avait fait clandestin, le gardant tout près d'elle, le cachant à nos yeux suspicieux. Moi je voyais, derrière les cages à poules, sous les bottes de foin, dépasser ses sabots, mais je ne disais rien. Je savais pourtant que ce n'était pas lui, le vrai bruit. Car le vrai bruit, nous ne pouvions l'entendre. Celui-ci, je pouvais. Le vrai bruit ne pouvait être conduit ailleurs, celui-ci faisait route avec nous. Ainsi, d'évidence, il était factice, une pâle copie du bruit originel et qui, cette fois, ne la tourmentait pas, voire lui faisait du bien, mais pas suffisamment. Justement parce qu'il n'était pas vrai. Le rétroviseur reflétait l'étrange expression d'une tristesse niellée sur son visage. Elle regardait la route avec la mélancolie d'une perte, amenée par la certitude que nous avions quitté quelque chose de précieux. Que nous étions de plus en plus loin du Guéliz, et du bruit. Et le bruit lui manquait. Je la regardais fabriquer son pareil, son double insuffisant, et y trouver un réconfort partiel, qui valait mieux le temps du voyage que l'insupportable séparation, et qu'il fallait cacher avec honte, jusqu'à ce qu'au terme du voyage elle puisse le retrouver. Il occupait, comme l'amant d'une parenthèse gravée dans l'ordinaire, toutes ses pensées, et guidait tous ses mots. Sans lui, elle n'était rien. Rien qu'une femme sans bruit, rien qu'une moitié de femme, rien qu'un être dépourvu de raison. Le départ de tous avait apporté le silence. Pas le bruit. Mais le départ est inacceptable. Alors le bruit est né. Ils sont peut-être tous partis, mais ici quelqu'un les retient. Ma grand-mère les garde tout près d'elle. En un bruit.

Si le bruit devait dire quelque chose, il dirait :

C'est la fin. Puisque tu m'entends, tout disparaît maintenant. Le brouillard et le froid, les racines, les montagnes et les grandes terres de sable. Et toi, comme eux, tu disparais maintenant. Je suis le dernier soupir de l'homme avant qu'il ne se fige, la dernière ovation avant qu'il ne s'éloigne. Je suis le ronflement d'une porte de pierre qui renferme ta peine, la conflagration d'une étoile que le néant rappelle, le babil de l'eau dont les rochers s'abreuvent, le grondement du vieux chêne qui s'abat sur la terre. Je suis le dernier chant de l'aube. Je suis la voix des fins, lorsqu'elles doivent arriver. Celle qui damne à l'oubli, celle qui damne les mémoires. À toi, Paulette, je dis que *c'est la fin.* Je t'efface, ne lutte pas. Tu n'as jamais vraiment foulé ce monde. Le bonheur que tu revendiques n'a jamais vraiment existé. Tu n'as jamais rien été. Tu n'es rien. Il est temps. Que personne ne se souvienne. De ton nom, de ta vie, de ton séjour au monde. Pour soulager la peine. Pour devancer l'espoir. Pour terminer l'histoire.

Aux portes de la vallée, de premiers marchands s'étaient installés de part et d'autre de la route. La rivière de l'Ourika, que nous suivions, semblait les avoir rejetés. Ils s'avançaient sans crainte sur la route, les exilés du val, appelés par la faim, pour brandir sous nos yeux passagers des pots de terre cuite, des lampes en fer forgé que la pluie battante refusait de gracier. Après nous, ils retournaient, le visage bas et les bras lâches, sous les tôles en acier des échoppes de fortune, là où le désespoir les rappelait à lui. Le grand val s'ouvrait à nous quand ses collines peuplées d'arbres, des cimes aux racines, denses à n'en plus voir les couleurs de la terre, se désunissaient, nous frayant un passage. Le désert était loin. Nous avancions du côté de la vie, sur la route de Setti-Fatma, au cœur de l'oasis fertile. Plus loin, les douars, ces petites assemblées de bâtisses aux fenêtres percées et aux toits de couleurs vives, s'amassaient en bas des flancs de colline comme des monceaux de fruits aux formes et aux couleurs composites, tous tombés du même arbre. Nous nous en approchions. Derrière la vitre, je les voyais s'en approcher aussi, marcher sur le bord de la route, des femmes aux bras chargés d'enfants, des hommes tirant avec force des brouettées de marchandises couvertes par des bâches de plastique vert, des chiens échinés, aux gueules malades et aux côtes creuses. Le vent les poussait tous. Il les épaulait tous, dans leur longue et éprouvante marche, jusqu'aux prochains villages. Ils semblaient tous attirés, appelés par la vallée d'un murmure maternel. Ils avançaient, en file, trempés d'espoir de trouver tout au bout du chemin le refuge, l'arche à quai qui les accueillerait et les sauverait du déluge.

Il devait être quinze heures. Nous nous étions arrêtés sur le bord de la route, devant un café. Ma mère et moi étions sortis, laissant Bouriel et ma grand-mère dans la voiture. Le gérant, un jeune homme, se tenait les deux pieds noyés dans une mare d'eau bourbeuse qui couvrait la faïence. Dans sa grande salle vide, il avait poussé et empilé les chaises et les tables près des murs pour limiter la casse. Il contemplait tout autour de lui, armé d'une serpillière à la tignasse noircie, la corvée que lui avait imposée le ciel sévère, le visage découragé, ne sachant trop par où commencer. Alors, quand il nous vit, il laissa tomber sa serpillière et son regard s'illumina. Nous avions surgi là comme la distraction à toute épreuve, l'échappatoire tant espérée au labeur nécessaire. L'homme accepta de nous servir une menthe chaude, que nous emporterions sur la route. Le prochain point de pèlerinage n'était plus très loin désormais. Mais comme il n'avait pas, lui, tout ce qu'il lui fallait pour préparer cette menthe chaude, il nous demanda de patienter un instant. Il mit l'eau sur le feu, sortit de la grande salle, courant vers les cafés voisins pour demander à ses amis propriétaires tout ce qu'il lui manquait. À l'un il demanda deux gobelets et deux couvercles, à l'autre une botte de menthe fraîche, et au dernier quelques carreaux de sucre. Il revint à nous, les mains pleines, et nous prépara derrière son comptoir deux verres de menthe chaude. Ma mère le paya, et nous prîmes la sortie jusqu'à la voiture, les mains désengourdies par la menthe chaude. Nous le regardions retourner, le sourire aux lèvres, vers ses confrères pour se partager la recette. Chacun avait eu à gagner au moins une pièce en participant à cette petite œuvre commune, en devenant chacun l'ingrédient d'une joie collective. Il nous saluait, lui, plus heureux de nous avoir accueillis que d'avoir gagné quelques modestes pièces.

Depuis un petit abri de fortune et d'argile, deux vieilles femmes assises en tailleur sur le sol regardaient ma grand-mère s'approcher d'elles. Les deux femmes faisaient cuire dans des fours en terre cuite des pains de seigle rond. Ma grand-mère en prit deux, donna à chacune une pièce et revint se mettre à couvert dans la voiture. Elle déposa les deux pains sur mes genoux.

– Garde-les, *mchikpara*, pour quand on va manger. *Yallah*, on y va, reprit-elle.

Nous reprîmes la route, longeant la rivière de l'Ourika jusqu'au séjour du saint.

La plaque à l'entrée du séjour, fixée sur le mur de pierre rose, disait SANCTUAIRE DU GRAND RABBIN VÉNÉRÉ RABBI SALOMON BEL-HENCH, OURIKA. Dans ma famille, nous l'appelions Moul Asguine. Le séjour s'établissait là, au croisement des routes de Setti-Fatma, de l'Ourika et de Marrakech, au milieu de nulle part. Nous avions prévu d'y pèleriner et d'y manger. Bouriel, quant à lui, nous avait laissés à l'entrée, assurant qu'il préférait le confort de sa voiture aux salles du sanctuaire et qu'il y mangerait le repas que sa femme avait préparé pour lui. Ma grand-mère insistait. Par la vitre de sa voiture, il leva son sandwich cellophané, bien haut, pour que nous le voyions et qu'alors nous renoncions à le faire changer d'avis. Tous trois, nous savions, sans l'ombre d'un doute, qu'il s'y refusait par déférence et par crainte de s'imposer au-delà de sa mission, dans ce moment sanctifié. Nous ne voulions pas le mettre mal à l'aise, alors nous décidâmes de le laisser là, au volant de son affable pudeur et de sa voiture garée.

Quelques marches menaient en bas à une petite cour intérieure, baignée de la lumière du jour qui dardait sur le toit fait de branches d'arbre et de quelques fils de fer rouillé. Ce toit que les hommes avaient tissé comme une étoffe aux mailles lâches, rappelant aux pèlerins qu'il y a des cimes depuis lesquelles Dieu veille sur eux et les protège. La pluie ruisselait au travers, s'abattait sur le dallage brun de la cour. La vasque du petit robinet aux ablutions, accrochée sur le mur, ne pouvait seule collecter toute cette pluie, aussi elle laissait déborder sur le sol l'eau qu'elle ne pouvait garder. Comme un cloître, la petite cour creusait dans l'argile et la pierre des couloirs à l'abri de la pluie, décorés par endroits de grandes portes qui scellaient les salles du sanctuaire. Toutes fermées. Et devant nous dans un couloir, sous l'alcôve, une femme assise à une table attendait. Les mains figées sur la nappe en plastique, elle regardait le ciel. Son visage blanc naissait aux traits de son voile noir, comme flottant à la surface d'un lac endormi, éclairé par la lune. Elle attendait, patiemment, que la pluie cesse.

– Il y avait un homme avec elle, avant, me confia ma mère. Hananiyah, s'appelait-il. Il est mort. Avant, c'était lui le gardien. C'était le dernier juif berbère de tout l'Ourika. Il lui a laissé le sanctuaire, et depuis c'est elle qui s'en occupe.

Sous les alcôves, le bruit de nos pas avait jeté de l'huile sur son feu endormi. Nous l'avions ôtée à la contemplation. La femme se leva d'une haleine, passa sa main sur son visage au pourtour de son voile pour y remettre quelques mèches de cheveux affranchies, d'un geste vif tenta de lisser les plis qui marbraient sa djellaba, et vint à nous. Ses yeux s'ouvrirent grand de joie quand elle aperçut les visages de ma grand-mère et de ma mère, et le mien. Comme si nous étions ceux que son attente priait. Sur son visage de porcelaine, un flot d'émotions désordonnées s'accordait à figer un sourire que la moindre fausse note pourrait sans peine précipiter vers l'infinie tristesse. Mais il tenait bon, ce sourire-là, se prêtant par instants à la gêne, car la femme regrettait son apparence, le visage bas, et nous l'entendions, sans même qu'elle n'ait besoin de prononcer les mots, s'excuser de n'être pas présentable. Elle était belle et semblait plus âgée qu'elle ne l'était vraiment, car la fatigue avait trouvé en son corps un séjour charitable.

Notre rencontre se passait de mots, préférant le silence bavard de sourires partagés. Chacun de nous rendait son sourire à l'autre. La femme sortit ses mains rangées dans un tablier blanc accroché en demi-lune à sa taille, attrapa celles de ma grand-mère et se mit à les dorloter tendrement, passant les siennes dessus, dessous, comme si elle s'était mis en tête de les nettoyer et de les réchauffer. Une gaieté sensible la mettait en mouvement. Fatma, c'était son nom. La fille bien-aimée du Prophète était la gardienne du sanctuaire. Elle nous accueillait, dans ce lieu consacré, et semblait par là même agir comme si l'œil de son père s'était posé sur nous en passant entre les mailles fragiles du toit du sanctuaire. Quand elle fut rappelée par la pudeur, elle détacha ses mains de celles de ma mère. Et ses mains n'avaient d'autre dessein que celui d'impartir cet amour débordant, je le vis, car ne sachant alors quoi en faire elle les glissa dans son dos et les croisa, résignée.

– Il fait froid, je vais vous faire le thé, dit-elle. Vous mangez ici ? Je vais préparer la grande salle.

– On va prier déjà, répondit ma grand-mère.

La femme plongea les mains dans son tablier blanc et en sortit un trousseau de clefs qu'elle secoua fière sous nos yeux.

– Voilà, je vais vous ouvrir, madame.

Sur la route de Setti-Fatma, la Fatma solitaire avait reçu le legs de son égal défunt. Dans cette retraite, sur ces routes désolées, d'une existence vouée à faire vivre la mémoire des autres. De tout instant, sans même comprendre l'objet de sa veillée, comme il n'est besoin pour nous de comprendre ce qui fonde la vertu de cette femme. Pour avoir aimé un juif, Fatma les aimait tous. Pour l'avoir veillé une fois, Fatma veillait sur nous. Nous, qui n'étions plus là. Portée par l'indicible bonté, la gardienne de Moul Asguine veillait sur l'histoire juive du Maroc, sur ce grand feu où s'abattait la pluie de notre oubli.

Le temps s'est figé autour d'une grande stèle de marbre, dans le séjour de Moul Asguine. Des portraits peints du saint s'avancent, en surplomb, projetant leurs ombres sur les psaumes noirs en hébreu gravés sur la tombe. Ils signent tout en bas du récit 23-8-76, datant la création du sanctuaire, cinq cents ans après la mort de son saint. Le monde disparaît derrière nous quand la porte se ferme, par la main de Fatma. Dans cette grande salle aux murs et aux bancs peints du bleu du ciel, le murmure est devenu le cri. Le silence règne en maître. Le silence prend le corps de l'homme vieux, allongé dans l'espace, qui épouse par la forme de son corps chaque recoin du sanctuaire. Il est si grand qu'on ne peut le toucher. Son sommeil est si lourd qu'on ne peut l'entamer. Il est indélogeable, le Dormeur de Moul Asguine, attelé à sa seule tâche jusqu'à ce que la faim le réveille, ou que Dieu le rappelle.

Nous nous étions approchés, à pas silencieux, du

sépulcre du saint, ma grand-mère, ma mère et moi, et nous avions posé nos mains sur la pierre froide pour prier Moul Asguine. Les yeux fermés, ma mère récitait des prières en arabe et remerciait le saint de nous accueillir en son lieu. Je regardais ma grand-mère, tout au bout de la stèle, parler contre un briquet à la pierre mouillée qui refusait d'allumer les petites bougies qu'elle avait disposées près des livres de prières. Sur le mur, un petit écriteau entourait de rouge et barrait une bougie. Après tout résignée, elle disposa ses petites bougies en cercle, sans les allumer, et récita à son tour ses prières. J'allai près de ma mère, et ensemble, penchés sur la tombe, nous rapprochions nos deux corps serrés par le froid et unissions nos mains pour rendre grâce au saint, et au dernier arrêt de notre pèlerinage. Elle était heureuse d'être là, ma mère. Heureuse et vulnérable, d'une tristesse marquée sur son visage d'être aux confins du monde. Plus protégée par les faveurs du ciel. Plus proche du passé qui l'a faite et de l'enfant qu'elle a été, rassurée d'entendre son cœur battre, juste là sous sa poitrine, où elle a d'un geste maternel posé ma main.

Dans le sanctuaire de Moul Asguine, dans ce berceau consacré de silence, le plus inattendu des bruits a éclos. Comme un éveil puissant de vie, ma grand-mère a ri. Elle a ri, sans que rien l'explique. Si fort qu'il était évident de croire que ce rire attendait d'être enfin mis au monde. De croire qu'il ne cesserait jamais. Il paraissait d'une clarté opaline, d'une infinie pureté. Si pur que Moul Asguine lui-même pouvait y trouver son reflet. Elle a ri d'être ici. Près de la tombe, elle a ri. Comme si, soudainement, tout avait disparu. Comme si, entre deux portes, le malheur avait fui. Comme si rire était devenu la seule chose qu'il lui restait à faire. Elle a ri, à nos visages pantois, d'être la dernière. Et d'être toujours là. D'être celle qui retient le temps, qui lui s'en est allé. D'être l'enfant cachée, derrière le rideau blanc, que le père ne voit pas pour faire durer sa joie. Elle a ri, simplement. Pour exaucer la vie, pour ce pays qui mérite la gaieté. Ainsi, le plus beau bruit du monde nous a tous emportés. Nous avons renoncé au recueillement, au silence obligé, à la mesure humaine et à la peur de Dieu. Nous avons ri. Sans même avoir entendu la blague que Moul Asguine avait soufflée à ma grand-mère, nous avons ri, sans nous faire la promesse qu'un jour nous reviendrions. Nous avons ri pour faire du bruit. Nous aussi. Pour triompher de lui. Pour revenir à la vie. Désarmer la tristesse. Au nez du temps, de l'oubli, de l'infini, de notre insignifiance, de nous-mêmes. Nous avons ri, car la fin est joyeuse. Car *yak* prend son courage. Nous avons ri, pour réparer le monde.

La nuit tombait sur le Guéliz. Bouriel attendait, dans sa voiture garée au pied de l'immeuble. Les mains de ma mère le retenaient. Elles le remerciaient, serrant avec amitié son bras, pour le voyage, tandis qu'elle répétait sans répit à quel point cela comptait pour elle. Ce n'était pas un adieu. Car Bouriel avait accepté de venir nous chercher, demain aux aurores, pour nous conduire à l'aéroport, ma mère et moi.

Là-haut, nous troquâmes nos chaussures trempées contre des paires de pantoufles chaudes, bienheureux de voir ma grand-mère fermer tour à tour les portes de l'appartement pour emmurer la chaleur dans l'entrée où nous nous étions installés. Il devait être vingt heures. Nous avions allongé nos valises sur le carrelage de l'entrée pour les remplir, petit à petit, sous les regards un peu peinés de ma grand-mère. Elle était triste que nous partions, mais elle ne disait rien, obligée par ses réserves et sa pudeur sentimentale. Elle nous regardait faire des allers-retours, plier, jeter nos vêtements dans nos valises ouvertes, vider l'appartement de nos affaires dispersées comme si nous détroussions le monde sous ses yeux impuissants. Nous la laissions derrière nous, ma grand-mère, figée sur son grand canapé. Elle respirait à grandes halenées, soufflait par moments pour qu'on la remarque, remuait tout un tas d'objets sans raison sur la table.

– Il fait très froid, *yak* ? Je n'ai pas de menthe ce soir, dit-elle.

– Ça ne fait rien, répondit ma mère. On ne va pas tarder à aller se coucher de toute façon.

Tandis que nous continuions à nous affairer, ma mère et moi, ma grand-mère se leva. Elle aurait voulu, je crois, que ma mère demande pourquoi, se plaigne de l'absence de menthe, que nous choisissions d'aller en acheter et de nous retrouver un soir de plus encore, comme s'il en viendrait d'autres, à parler de tout, de rien, du bruit, dans l'entrée autour de la petite table. Elle ouvrit l'armoire, en sortit une bouteille de liqueur, et la tenant par le cou la posa sur la table. Ce soir-là, la liqueur remplaçait la menthe, bien qu'elles n'eussent rien en commun, pour panser la tristesse du départ. Nous rîmes, ma mère et moi, de la voir ouvrir avec les dents cette grande bouteille noire. Un ami peut-être lui avait offerte, et à dire vrai ma grand-mère ne savait certainement pas qu'il s'agissait d'alcool. D'ordinaire, elle ne buvait pas.

– Quoi ? Moi quand j'ai froid, je prends un petit verre, nous dit-elle.

Elle alla, d'un pas guidé par l'envie, dans la cuisine pour en rapporter un très long verre, peut-être le plus grand que ses armoires gardaient. Elle ne nous en proposa pas pour remplacer le thé. Ce soir, la tristesse lui appartenait. Elle ne souhaitait pas la partager. Mais elle voulait la dire, nous louant les vertus, en s'en mouillant les lèvres, de ce beige liquoreux, de ce Baileys qu'elle appelait, elle, le Balèze. À ras bord, le verre était rempli. Il fallait au moins ça de Balèze pour apaiser la peine. Elle le sirotait, le fixant par instants, d'un air de gratitude.

– Alors, maman, comment tu vas faire avec le bruit ? On va te laisser comme ça ? demanda ma mère.

Ma grand-mère leva les yeux au plafond, regarda à chaque endroit autour d'elle, sur les murs, sur chaque porte, comme si le bruit revenu se faisait entendre partout, qu'il était là, tout près de nous, plus que jamais. Elle se recroquevilla sur le grand canapé. Elle l'entendait, très fort, serrant les yeux quand il s'approchait d'elle. Il était possible qu'elle l'entende, le bruit. Qu'elle soit seule, condamnée à l'entendre, seule. Quand tous les autres avaient été rendus au silence. Peut-être nous disait-elle qu'elle entendait le bruit pour nous dire, à nous, qu'elle n'entendait pas encore le silence. Peut-être était-ce sa manière de nous dire qu'elle était en vie. Et que ce sentiment d'être en vie, d'être seule en vie, était amer. Qu'elle se sentait coupable d'être toujours là, quand tous les autres étaient partis.

– Qu'est-ce qu'on peut faire, maman ?

– Vous ne pouvez rien faire. Jeûnez, jeûnez pour moi mercredi. Peut-être que ça le fera partir.

– D'accord, maman, je vais jeûner, dit ma mère.

Ma grand-mère termina son verre d'une traite, essuya ses lèvres couvertes de liqueur, comme un enfant efface avec la manche une moustache de lait, d'un geste brut, et partit se mettre au lit.

La veille de Pourim, il était de coutume, pour les femmes de ma famille, de jeûner pendant une journée. Ainsi elles rendaient hommage aux actes de courage de la reine Esther, qui elle-même avait enjoint au peuple juif de jeûner lorsqu'elle alla demander au roi Assuérus de sauver son peuple de la conspiration tramée contre lui. Le jeûne et la prière des siens l'avaient aidée dans sa tâche éminemment dangereuse, lui permettant de confondre l'instigateur Haman auprès du roi, et de révéler à celui-ci les tragiques intentions de son vizir. Ma grand-mère voulait que l'on jeûne pour elle, comme si pareille tâche lui incombait.

Le visage de ma mère était tombé au creux de ses mains. Agenouillée dans l'entrée devant sa valise ouverte, elle s'était laissée aller aux larmes. J'étais assis là, tout près d'elle, pris au dépourvu par la soudaineté de cette peine dont je ne connaissais pas la cause. Dans l'entrée, ses pleurs haletants résonnaient. Elle étouffait leur son, couvrant sa bouche pour que ma grand-mère ne l'entende pas. Je passai la main sur son bras, pour lui faire savoir ma présence et qu'elle trouve en elle le courage de m'en confier les raisons.

– Je m'en veux. J'ai l'impression qu'on n'a rien fait pour l'aider. Voilà, on va la laisser là, toute seule, on va repartir maintenant, et ça n'aura rien changé, me dit-elle.

Elle releva le visage, d'un revers de manche essuya les larmes cristallisées sur ses joues et me regarda d'un air à en implorer ma franchise. Celle qu'elle ne jugerait pas, me demandant une fois, une dernière, si j'avais entendu ici ce maudit bruit. Mais je lui dis que non. Elle sondait, avec instance, la vérité logée profond dans mes yeux. Elle me croyait. Je l'aidai à se relever, attrapant sa main, la serrant dans mes bras. Nous regagnâmes la chambre.

Ma grand-mère ne nous vit pas entrer. Près d'elle une dernière nuit, nous enfonçâmes nos pieds glacés dans la réconfortante chaleur des couettes épaisses. Sa petite tête décoiffée s'en extirpa, non sans difficulté, pour permettre à ses yeux de se fixer sur le téléviseur allumé. Ce qui pour nous faisait office de radio restait pour elle un téléviseur. Il n'y avait rien à en dire. Les images grésillaient, laissant voir par courts instants la silhouette ondulante d'une femme qui récitait les informations, feuille à la main. Les yeux de ma grand-mère s'étaient habitués à sa présence erratique.

Dans le téléviseur, un avion décolla. Puissant, le bruit de ses moteurs retentit à en faire trembler les murs de la chambre tout autour de nous. Il se prolongea, le grondement titanesque, comme le tonnerre surgit des flots de nuages appesantis.

Aujourd'hui, un Boeing 787-9 a décollé depuis
le tarmac de l'aéroport Mohammed-V
de Casablanca, à destination de Tel-Aviv,
inaugurant ainsi le tout premier vol direct régulier
entre le Maroc et Israël. Une première depuis
les accords d'Abraham, annonciatrice peut-être
du retour des populations juives d'origine
marocaine qui vivent en Israël.

– Annie, tu as entendu ? demanda ma grand-mère.

– Oui, maman. Un vol direct entre Casablanca et Tel-Aviv, j'ai entendu, dit ma mère.

Nous regardions les images saccadées repasser en boucle à l'écran. Derrière le calme solennel des hommes debout sur le tarmac, qui regardaient ensemble, le visage haut, décoller cet avion, la vérité que murmurait ma mère trouvait sa place. Le 13 mars 2022, nous inaugurions depuis nos lits le pont que les hommes avaient bâti. Dans les airs, ce pont d'infini symbolisme. Ce pont de réconciliation qui signait, d'un bruit assourdissant, la possibilité du retour, après le grand départ.

Un instant, ce bruit comble le monde. Et trace, sur le visage d'une enfant oubliée, une ineffable joie. Ce bruit couvre le bruit.

Tout le bruit du Guéliz.

Il faisait encore nuit. Nous nous étions glissés hors de la chambre. À la faveur d'une petite lumière, nous finissions d'empaqueter nos affaires. Ma grand-mère nous avait entendus et nous avait rejoints. Elle nous regardait d'un œil à demi-clos depuis son grand fauteuil, enroulant autour de ses doigts son mouchoir de papier froissé. Nous avions peu dormi. Nous étions fatigués. Nous étions silencieux. Elle congédiait, par des gestes répétés, les appels chuchotés de ma mère qui la pressaient de retourner au lit. Elle voulait être là. Il semblait qu'elle voulait, elle aussi, se lever, mettre tout l'appartement dans une petite valise, et partir avec nous. Céder. Et il semblait qu'elle ne le pouvait pas. Que tout la retenait. Je la regardais, prêt à partir, devant la porte, quand elle se leva d'une poussée fragile et traîna ses pantoufles sur le carrelage froid jusqu'au grand salon. Elle ouvrit les fenêtres, s'avança dans la nuit noire du balcon, s'accrocha à la rambarde et pencha la tête sur l'avenue.

– Annie ! Annie ! Bouriel, il est là ! cria-t-elle.

Devant la porte, nous nous fîmes nos adieux.

Je la serrai dans mes bras une dernière fois, ma grand-mère au corps flottant sous sa gandoura et au parfum de camphre. Je l'aurais laissée me garder au confort de son étreinte inégalée. Je sentais son cœur battre. J'eusse contenu l'ascension de nos larmes.

Il m'était apparu qu'elle partageait avec moi sa peur immense. Que cette fois, c'était elle, ma *mchikpara*. Que je prenais sa peine.

Je lui dis que je l'aime. Au creux de mon oreille, elle chuchote :

– Tu ne m'oublies pas, *yak*, *mchikpara* ?

Dans la nuit souveraine, nous avons quitté le Guéliz, appelés par la grande Koutoubia, rouge et flamboyante comme la torche de Dieu.

Aux portes de l'aéroport, nous avons fait nos adieux à Bouriel. Ma mère l'a retenu, le vieil homme.

– Dis. Tu montreras le chemin à tes enfants, a-t-elle dit. Promets-le-moi. Qu'ils y amènent les miens quand ils seront plus grands.

Après ça, plus de mot. Un silence seulement, long de cinquante années. D'une timide étreinte, elle l'a pris dans ses bras. Lui, l'homme, le chauffeur de taxi. Dans l'espace qui les lie, il m'est apparu. L'avant. Le Merveilleux.

Composition : Nord Compo
Impression : Imprimerie Floch, septembre 2024
Éditions Albin Michel
22, rue Huyghens, 75014 Paris
www.albin-michel.fr

ISBN : 978-2-226-49605-8
N° d'édition 26046/03 – N° d'impression : 105583
Dépôt légal : août 2024
Imprimé en France